U0051639

Green Tea

Selection of English & American Short fiction II

約瑟夫・雪利登・拉芬努 等／著
王若英／譯

八方出版

序

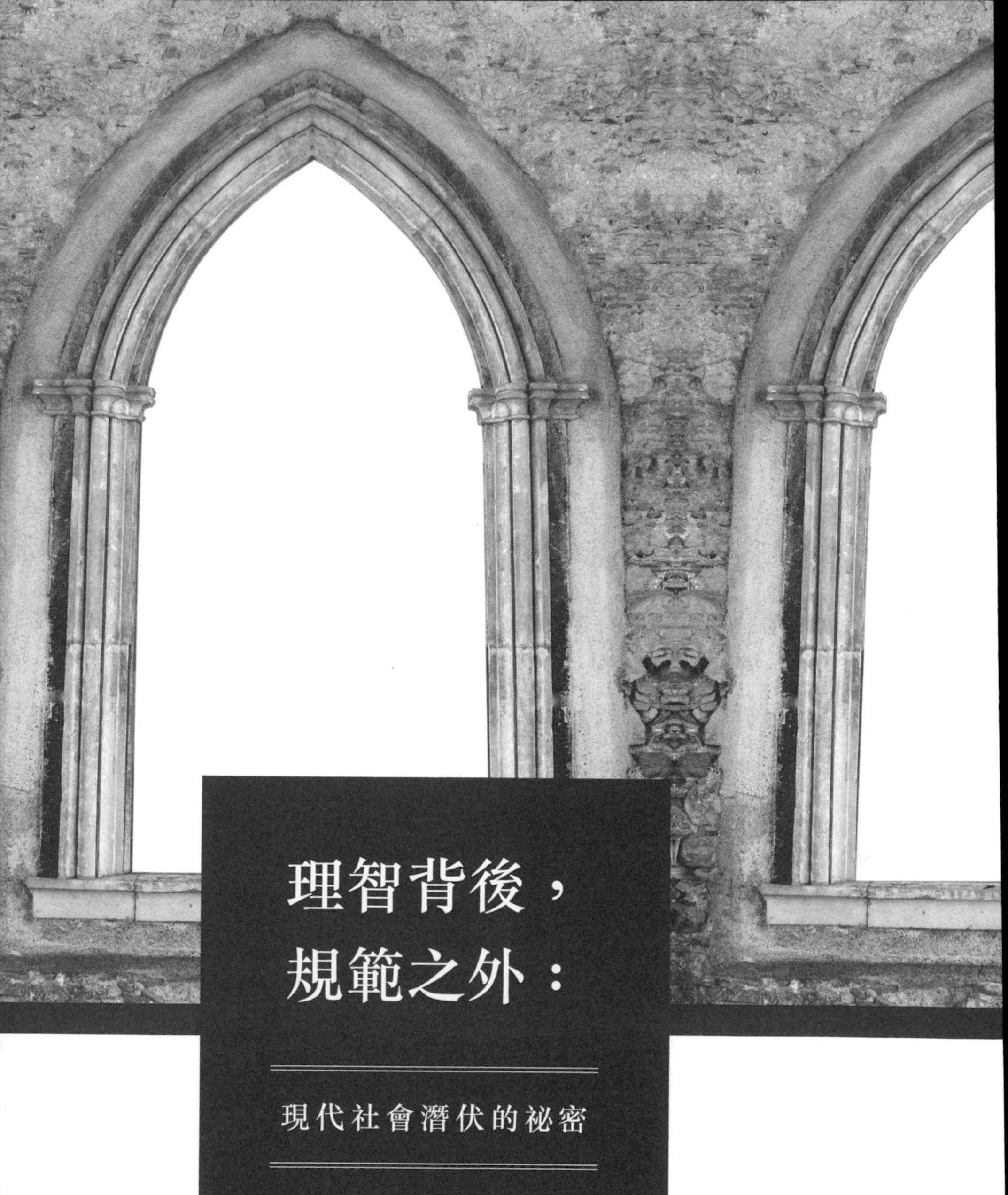

理智背後，規範之外：

現代社會潛伏的祕密

當代法國哲學家李歐塔（Jean François Lyotard）曾說，所謂後現代是指陳現代敘述中難以表述的部份；換句話說，揭露宏偉敘述底被壓抑、遮掩或閃躲的部份。依據李歐塔的說法，就文化生產和消費的面向，現代驚悚故事之所以在後現代情境或大眾流行文化中占有一席之地，可能正是因為這類作品經常為平民百姓提供了窺見金縷衣底蝨子蠢動的取徑。十九世紀末至二十世紀初為現代英語驚悚故事的黃金時期，知名作家如約瑟夫・雪利登・拉芬努（Joseph Sheridan Le Fanu）、喬治・奧利佛・歐尼爾斯（George Oliver Onions）和阿爾傑農・布萊克伍德（Algernon Blackwood）等，紛紛透過驚悚故事的型式和引人入勝的寫作技巧帶領讀者探究現代社會中種種難以表述或所謂難登大雅之堂的事與情。

本書收錄四篇驚悚故事，前二篇主要處理異性戀機制下男性的情慾、身體與疾病等議題；後二篇則強烈置疑現代社會過度重視實證理性的後果。雖然日常生活很難規避這些議題，但是人們鮮少直言無諱，多是以玩笑或雲淡風輕的方式輕輕帶過。有趣的是，經由虛構的驚悚故事，讀者，無論性別或階級，反而能夠窺見自身潛伏的祕密，體驗曖昧壓抑的情緒。

〈吉屋出租〉（1911）是歐尼爾斯最著名的代表作品。故事表面上似乎只是描述一位腸枯思竭的中年作家，但是歐尼爾斯以細膩複雜的方式處理主人翁保羅深陷感情膠著與寫作停滯的兩難僵局。四十幾歲的保羅租了一棟老房子，渴望完成手邊的小說《羅蜜莉・碧夏》，可是他卻不時被屋裡屋外的各種聲響擾得心神不寧。而且，相識多年且事業已獨當一面的女性朋友艾希在他的新居接連發生二起意外，先是被不知何處鑽出的釘子刮傷，後來又陷在突然斷裂的樓梯中，彷彿「他住的地方有東西對她充滿敵意」。這些莫名其妙的怪事不僅讓保羅困擾不堪。「薄霧與迷惑開始包圍他」，甚至懷疑那可愛迷人的房子在鬧鬼。巧合的是，那座房子在幾十年前曾住過一名藝術家，終日足不出戶，最後活活餓死在房子裡。似乎冥冥之中有安排，疑似幻聽妄想的保羅也重蹈覆轍，最後落得只有與自己的影子搏鬥。「一個疲態盡顯的過氣小說家，再度兩手空空走向人生的下坡」。

歐尼爾斯在處理保羅的情慾與幻聽妄想時，巧妙地將保羅疑似幻聽的症狀比附駭人聽聞的鬼屋傳說，並運用豐富的視覺與聽覺意象佈局營造主人翁陷於難辨真實虛假的混沌恍惚狀態。首先，視覺方面，在故事開始，保羅整理房子時找到一個紅色粗呢絨的大布袋。雖然故事中，點到為止，但是直到故事結束，這個布袋再次出現，而且是被警察發現。沈重且塞滿餐具櫃的布袋具體而微地點出了艾希為何失蹤，讓這樁可能因男女工作壓力失調、加上近似精神錯亂導致的殺人事件豁然開朗。再者。「吉屋出租」(to let) 的招牌也不斷在故事中出現，成為故事的隱喻和轉喻；即使從未真正擁有一切（名氣、房屋和愛情），但是選擇寫作生涯的保羅得空出時間和精神爬格子，掙扎著是否放棄舊版的文稿，重新開始另一個版本；他也掙扎著將能夠自食其力的艾希騰出心房，盲目召喚老屋中的神祕女子；而來訪的艾希也一再央求。「快點讓我離開，」「現在就放過我吧！」。聽覺方面，歐尼爾斯更是使用非常豐富的意象強調保羅的聽覺異常敏銳、甚至暗示其疑似幻聽。例如他能區辨屋內的「水滴聲的音域多達四、五個音符」，而且一夜醒來竟能哼唱出一首實際存在的古老歌謠〈召喚我的可人兒〉。他也能聽到女子梳頭髮的聲音。「那輕柔、不斷重複的聲響，那種刷過某種長長物體的窸窣聲，幾乎聽不見的聲響」。

值得一提的是，雖然歐尼爾斯的故事使用第三人稱的敘事觀點，但是整個故事的敘述，尤其是後半段描述保羅獨自在房內的恍惚妄想狀態，幾乎等同於保羅個人的觀點，近乎心理學家威廉・詹姆斯（William James）所謂「意識流」的處理方式。例如，儘管恍神的保羅不確定自己做了什麼。「但他相信他一定做了某些致命、無法挽回的大錯」。憤怒困惑之際，他納悶「那雙可怕、狠下毒手的手，又是誰的？難道是他啟動的？他是不是啟動了累積在屋中可怕而無情的能量？」。保羅甚至自言自語道：「我生病了嗎？還是現在病了？如果我真的病了，為什麼他們棄我於不顧？真是奇怪！」。透過侷限於保羅個人意識的第三人稱敘事觀點，歐尼爾斯讓整個故事顯得撲朔迷離。

除了男性情慾與身體疾病的議題之外，自殺也一直是駭人聽聞的議題，不僅與個人體質脾性有關，也涉及宗教、醫學及法律等複雜的社會文化面向。〈綠茶〉，這個描寫牧師自殺的故事，可能是拉芬努作品中最令人費解的小說。從宗教的角度來看，自殺在十九世紀的英國被視為不名譽、甚至不道德的行徑。對絕大多數的基督教教徒而言，人的生命是由上帝所賜予的，唯有上帝有權取回。任何輕生尋短的行徑都是褻瀆上帝，不可寬恕。拉芬努的故事，透過敘事者赫希里斯醫生，記述他與詹寧收師的邂逅。奇怪的是，詹寧牧師端正健康，無不良嗜好，認真鑽研古代宗教哲學，其健康狀況竟驟然急遽惡化。根據赫希里斯醫生的記述，詹寧牧師唯一的嗜好是在夜裡寫作時飲用濃烈的綠茶提神。此外，詹寧牧師曾經在搭乘公共馬車時，莫名其妙地看見一隻兩眼閃著黯淡紅光的小黑猴。醫生的記述中也提到，起初詹寧牧師以為那只是一隻動物，但是猴子卻像怪物般地糾纏著他，就像某種疾病的表徵；而且，隨著怪物的幻影不時出現在他眼前，對他張牙舞爪，詹寧牧師經常陷入恐懼與絕望，彷彿「被地獄巨大無比的力量拖往更不幸的深淵」。詹寧牧師原本希望在他絕望之際，赫希里斯醫生能及時伸出援手拯救，可是等到醫生趕到現場時，詹寧牧師早已經自殺身亡。

〈綠茶〉的故事情節懸疑，思索故事提供的線索更令人驚悚不安。為什麼一樁本身近乎可笑的事件（自以為看見猴子），會讓一個正直的人輕生尋短？若從當時宗教的角度來看，詹寧牧師似乎對他私底下研讀異教經典感到罪惡愧疚。這點可以從赫希里斯醫生拜訪牧師時，在書房等待的片刻看出端倪。根據醫生的描述，牧師的書房「滋長陰鬱沈悶的氣氛」，牧師研讀的拉丁文宗教著作《屬天的奧祕》論及「每個人身旁至少都存在兩種邪靈」。書中也提到來自地獄的邪靈，會以怪物的形象出現，代表目擊者本人的生命與情慾，而且。「除非有堅定的信仰，否則與邪靈一同生活的人類，處境將十分危險」。在抄錄書中翻譯的同時，赫希里斯醫生注意到書中標記「願上帝憐憫我」的眉批。根據赫希里斯醫生的觀察，詹寧牧師看到他專注閱讀該書時，牧師的「神情非常陰沉狂野，我差點認不出來」。雖然二人接下來未曾明白討論該書，但是牧師含蓄地表示該書「會讓孤獨的人神經緊張」。這點已明白透露牧師的內心十分不安，他的精神食糧與他身為教會支柱的形象之間存有相當的落差。若從醫學的角度來看，詹寧牧師曾向赫希里斯醫生私下坦陳他的憂鬱傾向。診療過牧師的哈利醫生也說怪物的幻影是神經傳導的問題，而赫希里斯醫生提到的不只是濫用不當的媒介會影響身體的感官、造成心智不清，他最後還提及了遺傳性自殺傾向潛在因素。透過宗教與醫學的論述，詹寧牧師離奇的自殺案似乎都得到了合理的解釋，而且成為醫學的個案研究。小說最後，根據赫希里斯醫生的說法，若能在第一時間關閉詹寧牧師不小心開啟的內在視野，並且持續對身體進行某種簡單的治療，就一定有治癒的可能。但是，醫生的說法似乎只是一再強化科學理性在現代社會的工具價值，卻始終無法解釋牧師心靈深處糾結的精神怪物。

弔詭的是，當時蔚為主流的理性實證主義思維也是作家置疑探討的對象。蒙太格・羅德・詹姆斯（Montague Rhodes James）的小說〈哨聲〉（1904）正是一個典型的例子。故事中，年輕自信的帕金斯教授可說是大英帝國全盛時期典型理性、科學的菁英代表。擔任存在學教授的帕金斯「十分年輕、優秀、說話非常嚴謹」、「在某些小地方像母雞一樣執著，毫無幽默感，但是對自己的信念卻大膽、真摯」。而且，除了閱讀和研究之外，他喜歡的高爾夫球正是當時新興流行的運動，許多社會菁英名流紛紛躍躍欲試。這項表現個人特質，講究對角度、速度等物理現象瞭解的運動，正是帕金斯這種理性至上學者亟欲挑戰的對象。故事一開始，帕金斯計畫去著名的伯恩司托待上一陣子，好好鍛練球技；那裡有接近海灘、高爾夫球友聚集的環球旅館，也正是故事的主要場景。

　　詹姆斯以幽默的方式，透過故事場景與角色刻劃，對一切講求量化的實證科學提出質疑。故事中，帕金斯對任何事物都將其量化或合理化，但是於情於理，似乎都顯得牽強附會。例如，來到古教堂遺址，不像一般人多少有些思古懷舊的感慨，他的反應卻只是「說不定認真研究，就可以驕傲地對外展示成果」。而且，帕金斯立刻「以腳掌長度計算距離，並在隨身攜帶的小冊子上記下大略尺寸」，充分表現典型象牙塔住民的研究精神。更可笑的是，每次面對房間內床單莫名其妙的紊亂，帕金斯也總是不明究理硬是要提出狀似合理的解釋：「一定是昨晚，我打開行李時將床鋪弄亂，結果服務生還沒整理。或許是他們進來整理時，剛好男孩透過窗戶瞧見他們；後來他們又被叫走，就將門鎖上離開。沒錯，一定是這樣」。最後，即使求證無門，他甚至會懷疑飽受驚嚇的小男孩說謊。另外，在角色安排上，年輕自信的帕金斯和重視道統的威爾斯上校也呈現明顯的對比。他們雖然在高爾夫球場上是球伴，但是二人對周遭事物的理解卻是南轅北轍。例如關於夜晚沒來由的大風，上校會依傳統鄉野傳奇的信仰，相信這風是被哨聲吸引過來的；然而，帕金斯卻無法同意上校的說法，將這種民間傳說硬拗為巧合事件。

他自信滿滿說道：「起風時，我正在吹哨子。我一共吹了兩次，那些風出現的時機，湊巧得像是在回應我的召喚……」。雖然上校在了解哨子為來自古教堂廢墟的宗教器具之後，曾提醒帕金斯應該小心使用，而且最好將它丟進海裡，但是一心渴望發表研究的帕金斯，卻希望將它交給考古學家或捐贈給博物館。

當然，要教育這類總是自以為是的知識菁英，最有效的策略就是讓帕金斯親眼目睹那坐在床上的怪物，讓他再也無法志得意滿地不信邪。在逆轉故事情節的緊要關頭，詹姆斯刻意避開了直接敘寫怪物的正面，反而將描述的重點放在驚嚇過度、狼狽躲避的帕金斯身上。「因為那張臉恐怖得幾乎令他發狂」。令讀者莞爾的是，千鈞一髮之際，威爾斯上校成了帕金斯的救兵。最後上校將口哨擲向大海。「不久環球旅館的後頭升起了一縷煙」。帕金斯與友人的對話早已透露出他對所謂「超自然」現象相當不以為然，「抱持比較嚴謹的態度」。但是，自以為是的帕金斯經過一個夜晚的精神折磨後，顯然很難再堅持科學是一切存在的核心。旅館房間內那個應哨聲召喚的恐怖生物，不僅讓帕金斯虛弱地倒臥在地上，也從此改變了他對靈異說法的觀點。誠如故事結尾寫道：經過這次的靈異事件，帕金斯教授「看到田裡的稻草人，都會讓他連續失眠好幾個夜晚」。

不同於詹姆斯的故事，布萊克伍德的〈孤島柳林〉將故事場景從代表人類文明的場域如城市、旅館等移到遠離人煙的河中孤島。故事的敘述者是一個勇敢面對各種問題，凡事要求合理解釋的冒險家。他和他的瑞典同伴在七月的多瑙河流域划著獨木舟，穿越人為的國界，闖蕩無名的水中孤島。島上詭異如鑼聲般的聲響、奇怪的沙穴再再令這對年輕自信的冒險家驚惶不安。誠如敘事者所說。「大自然總是知道如何向人類展示其偉大的力量，像是令人敬畏的山脈、讓人喪膽的海洋等。不過，這些都與人類的生活和經驗密切相關。但是，這群柳樹卻完全不一樣，它們散發著某種特質，教我心亂不已」。

在〈孤島柳林〉的故事中，布萊克伍德利用達爾文的進化論，探討人類與原始自然接觸的經驗。迥異於浪漫主義者將自然納入人類系統的一部份，強調人與蟲魚鳥獸花草樹木之間的感應交流，〈孤島柳林〉將柳林中的生物體描寫成人類系統以外的陌生異己。正因為這種生物體有別於人類的演化，有其獨特的生命型態和演化歷史，牠們對人類而言，就像傳說中的神怪一樣，顯得非比尋常，深具威脅。而且，不像傳說中的神怪是仰賴人類的祭祀犧牲，人類根本無法理解洞悉牠們，更遑論與牠們溝通。就像敘事者一再強調，他們似乎擅自闖入了一個陌生的國度，紮營在一個人類世界與異種生物交界的領域。繁茂的柳林似乎只是那些「位於第四次元物體」依附的所在，整個地方充滿了「另一種生命、另一種異於人類進化過程的力量」。就像主人翁的瑞典同伴所說。「這裡充滿一種可以輕易殺光一群大象的力量，就像你我可以輕易捏死一隻蒼蠅一樣。我們唯一的機會就是保持絕對的冷靜」。一般所謂「自然的反撲」只是不自覺地將大自然視為非人類的他者，而且是深具威脅破壞力的他者，但是在布萊克伍德的故事裡，這種生物體的繁衍環境和需求顯然不是用人類的標準可以衡量的。同樣地，人類社會所謂的「道德」也無法適用於這群迥異於人類的生物體。

這四篇故事，就像李歐塔所說。「指陳現代敘述中難以表述的部份」。而且，發人省思的是，世界上恐怕不是所有的東西都可以測量、標準化或用人類的理智去框架理解。但是，作家們企圖描繪的，正是那些人類在想像和感知層面表現幽深隱晦的面向。若將這些百年前的故事與晚近流行的驚悚小說或漫畫（如《暮光之城》、《陰屍路》系列）對照，隨著社會時代的變遷，故事的形式及內容或許會有不少的出入，然而，如果人性不變，那些始終若隱若現藏身在理智背後和規範之外的部份，恐怕正是古今作家們一直嘗試以文字捕捉呈現的吧！

臺北市立大學　楊麗中教授

目次  contents

序──理智背後，規範之外：現代社會潛伏的祕密 04

吉屋出租 20

綠茶 142

哨聲 212

孤島柳林 248

吉屋出租

The Beckoning Fair One

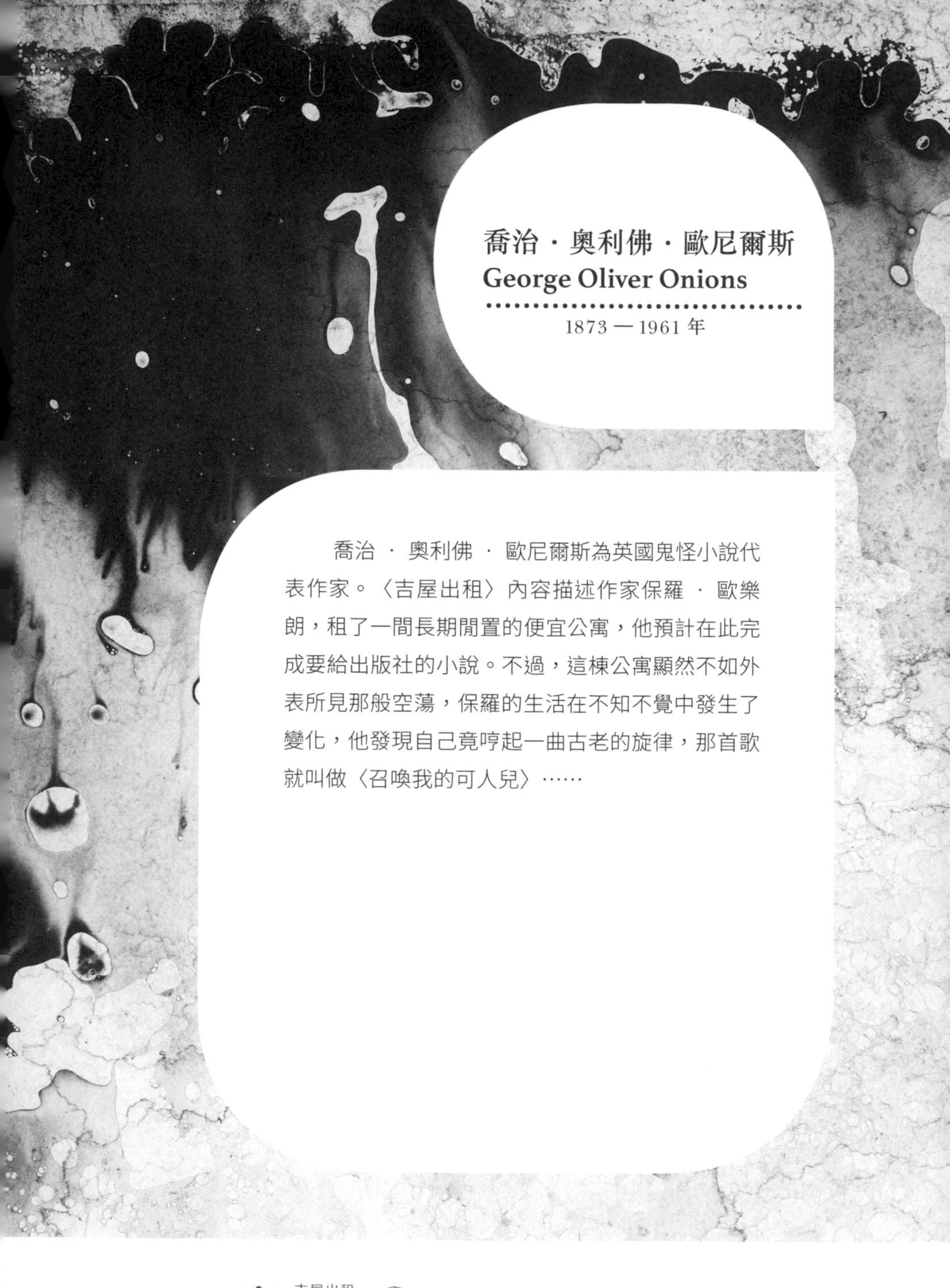

喬治・奧利佛・歐尼爾斯
George Oliver Onions

1873 — 1961 年

喬治 ・ 奧利佛 ・ 歐尼爾斯為英國鬼怪小說代表作家。〈吉屋出租〉內容描述作家保羅 ・ 歐樂朗，租了一間長期閒置的便宜公寓，他預計在此完成要給出版社的小說。不過，這棟公寓顯然不如外表所見那般空蕩，保羅的生活在不知不覺中發生了變化，他發現自己竟哼起一曲古老的旋律，那首歌就叫做〈召喚我的可人兒〉……

1

低矮的圍籬上掛著三、四塊「吉屋出租」的招牌，打從三角廣場的居民有記憶以來，它們就一直懸掛在那兒，就算這些高掛的招牌曾經風光過，也是很久以前的事了。

現在招牌七橫八豎地架在圍籬上，看上去像一把把木製劈刀，彷彿會掉落砸到路人一般，不過倒未割傷過進出這棟老房子的房客。

廣場上從未出現「人潮」，人潮只出現在一弗隆[1]或更遠的地方，老房子建成後，錯雜的廉價公寓和巷弄如雨後春筍般一一出現。這些後起的建築物將老房子團團圍住，或許只有拆掉整座社區，老房子才會偶爾出現一、兩個零星的房客吧！

老房子以老舊的紅磚砌成，外牆嵌上皇冠和雙手交握的圖形，還懸掛著早已倒閉的保險公司商標。居住在這座封閉廣場上的孩子們，常會把花園小徑的矮籬笆當成鞦韆盪來盪去，籬笆最後只剩頂端的橫槓尚稱完好，兩旁地下室的透氣窗全以木板釘牢，木板上滿是流鶯以粉筆留下的神祕記號。

小徑被隔鄰刻意加長的屋簷所流下的雨水沖刷，而呈現不同程度的磨損，甚至連貓、狗也入住於此。所以就算「吉屋出租」的板子裝得再好、上面的文字再清晰，也不能保證會有人看見或者願意租住，更別說這些招牌早已破損不堪。

這半年來，保羅・歐樂朗每天會經過這個老社區至少兩次，因為他得在租屋處與工作室兩處跑，但這十分鐘的路程中，那些像斧頭般的招牌從未掉落在他往返的路上。不過，這也可能是因為他總選擇走廣場另一側的原因吧！

這天早上，保羅改走這一側，經過那扇破舊的籬笆門、被雨水沖蝕的小巷口，停在一塊傾斜的招牌前，招牌上除了仲介的名字外，還有一則說明，從模糊的字跡看來，顯然是很久以前留下的——可至六號人家索取鑰匙看屋。

保羅現在得負擔住屋與工作室兩邊的房租，這遠超過一位沒有私產、沒有名氣的作家所能負擔的能力，此外，還得額外負擔一間小倉庫的費用，以儲藏許多祖母身後留下的家具。

再者，只要他想在床上悠哉地閱讀某本書，那本書常常是在半里外的工作室裡，而白天突然急需的筆記或信件，往往會在寢室門後掛著的外套口袋中，諸如此類分住兩地的不便還很多，保羅的目光才會被斧頭般的招牌吸引住，他從稀疏的樹籬往地下室釘上木板的透氣窗內瞧了瞧，又抬頭看了看一樓骯髒、沒有窗簾的窗戶，以及二樓鑲嵌的平坦石簷。保羅摸了摸自己削瘦、乾淨的下巴，在那兒站了好一會兒，又望了招牌一眼，才慢慢越過廣場，走往六號人家。

他敲了門，等了兩、三分鐘，門雖然開著，卻無人應門。他只好再敲一次門，這次終於出現一個長鼻子、戴著袖套的男人。

「我正在做餐前祈禱。」他的解釋義正詞嚴。

保羅詢問是否能給他那棟老房子的鑰匙，長鼻子男人轉身回屋裡。

保羅在階梯上等了五分鐘，那男人才再次出現，邊吃東西邊宣稱鑰匙遺失了。

「反正不需要鑰匙，前門沒有上鎖，其他的門也是一推就開。我是房屋仲介，如果你想租的話……」長鼻子男人說。

保羅再度橫越廣場，走下破籬笆門前的兩階樓梯，沿著花間小徑轉進老舊寬敞的大門。一進門右手邊，有一道往下通往寬闊地窖的階梯，正前方樓梯間的雕花欄杆雖美麗寬敞，卻髒汙不堪。保羅小心翼翼爬上樓梯避免碰觸欄杆和牆壁，走到第一個平台停下，眼前有道被木板釘住的大門，右手一推，那不牢靠的門栓或鉤環就這麼被推開了，他進入空盪的一樓。

保羅花了十五分鐘才出來，他沒有繼續上樓，反而下樓越過廣場，來到那位弄丟鑰匙的男人家裡。

「請問房租多少？」保羅開口問。

那男人說了一個數字，一個以這樣的地點、沒有維修的可怕屋況來說，算是低廉的價格。

「有可能只租一層嗎？」

長鼻子男人無法確定，他們可能會……

「他們是誰？」

長鼻子男人將林肯旅館的律師事務所名片給了保羅。

「你可以向他們提我的名字——貝瑞。」他補充道。

因為工作纏身，保羅當天下午並未前往林肯旅館，但第二天他去了，律師立刻開出五十英鎊的頭期款就能買下整棟房屋的條件，至於餘款可以房子作為抵押。保羅花了半小時才讓律師明白：他只想租一層樓，其他都不要。

這個要求立刻讓律師支吾其詞，因為他不確定自己是否有權這麼做，不過最終還是讓步，並要求保羅同意繼續懸掛出租的招牌，此外，若有人想租下整棟房子，合約便自動終止、不另行通知。

保羅認為老房子不可能突然租出去，不妨冒險一試，同意一星期內答覆。第二天他又回老屋查看，上下詳細檢查一番，才回住處沐浴。

保羅心裡已經很篤定這間房子應該是他的，只要將牆壁刮乾淨、重新上漆、擺進祖母的老家具，這房子就會十分迷人。他來到儲藏的倉庫以喚醒塵封的記憶，丈量尺寸後找來室內設計師。他一直忙於日常工作，心想如果早幾個月或年底就看到那塊招牌就好了，不過最快的方法就是將工作擺一邊，直到搬完家……

兩週後，一樓公寓重新漆上如接骨木花般柔嫩的乳白色，油漆已經乾了，保羅站在房子中央，興奮地搓著手，一邊擦亮祖母的家具，一邊排列擺著德貝、曼森與斯博德瓷器的中式格子窗櫥櫃、大型的喜來登摺疊桌、長長的矮書架（他仿造了兩座）、椅子、雪菲爾燭台、鑲鉚釘的玫瑰花器。

他將所有物品靠在新漆的乳白牆上，還以完美的比例在牆壁釘上木頭飾板，低矮的窗台上也鑲嵌飾板作為裝飾，整間房子煥然一新。

挑高的天花板畫上淡淡復古的星辰圖案，壁爐旁的裝飾邊也綴上如珠寶般的精緻圖案。保羅開心地搓著手，在房裡走走停停，欣賞一間間白淨的房間。

保羅喃喃自語地說道：「太美了！太美了！真想知道艾希・班古看了會怎麼說？」

他為大門裝上門栓和耶魯鎖，以區別自己的住處與其他樓層。假如現在想在床上看書，只要到隔壁房間取書即可，他認為自己真是太幸運了，找到這麼好的地方。

保羅在方正的小客廳裡放了一個衣帽架，掛上帶沿的帽子、軟帽和外套。深夜走過三角廣場的路人，抬頭望過那排密集的木製「吉屋出租」招牌，可以看見紅色百葉窗中透出燈光，或發現這扇窗突然變暗，另一扇窗卻又亮起，這是因為保羅正拿著蠟燭，從這個房間走到另一個房間，為家具進行最後擺設，準備重新拾起因搬家而中斷的工作。

2

保羅最主要的工作是寫作，以四十四歲的年紀來看，落後別人許多，但他從未想過要從世界得到什麼作為補償，因為就算這麼做，對事實也不會有幫助，只是讓他更難過罷了。

保羅選擇了自己的人生，全心投入，毫無抽身的可能，或許是因為在那段對現實懷抱不滿的日子裡，他已經做了這樣的選擇，也沒問過自己是否願意堅持這樣不公平、不寬綽的人生。

只是他最近開始懷疑，另一種人生會不會比較好，卻又想到攀上能力的巔峰，也不算什麼好事，因為接下來就會開始走下坡。最後他又不得不面對內心的疑問，再次問自己同樣的老問題：如果當初選擇平凡的人生，會不會比現在更好？

現在他搬到鑲著保險公司徽章的紅磚老建築物裡，不得不中斷才寫了十五章的《羅蜜莉・碧夏》。

這個高瘦、苦行僧面貌的男子就像老處女般一絲不苟，在新家四處走動、布置、改變、修正家裡的擺設，幾乎沒有時間重拾工作。因為過去二十年來，住過宿舍、閣樓、公寓，不論有沒有家具，他都習慣凡事自己動手，也發現讓事情有條不紊可以節省時間、控制脾氣。

此外，保羅與長鼻子貝瑞的妻子談好時間，她是矮胖精壯的威爾斯婦女，聲音尖細，雖久居倫敦，卻沒改掉梅里奧尼斯郡[2]特有的口音，他請她每早幫忙準備早餐、每星期六早上幫忙打掃房間，至於其他時候，他倒也不排斥做一些家事，就當寫作之餘的閒暇活動。

廚房與裝有現代化衛浴的浴室相鄰，可俯瞰屋旁的小巷，其中一端放置大型拉門櫃子，這原本是個火藥櫃，而拉門開口則有精雕細琢的接頭，用來插入手槍填入火藥。

一開始，保羅對櫃子的用途感到困惑，但他卻微笑著，心中有些動搖，連自己也不知道為什麼……他打算將櫃子作不同的運用，應該可以作為食物儲藏櫃……他在櫃裡發現了某樣東西：櫃子後方架有隔板，他將手伸進嵌入牆壁的上層隔板中摸索，發現一對香菇形的舊木製假髮架。

他不明白這東西怎麼會出現在這兒，轉念一想，一定是油漆工不曉得在哪兒發現，結果就放到這裡來，這層的五間房根本沒有櫃子或衣物間，他還是費了一番心思，才找到空間放置床單、箱子和很少用到卻不能銷毀的文件。

保羅在初春搬進租屋處，他迫切希望《羅蜜莉・碧夏》可以在今年秋天出版。儘管如此，他卻沒逼自己全力寫作，如果繼續拖下去，情況只會越糟，他明白這本書非常重要，就他個人的藝術發展上，這本書一定要有足夠的長度與時間才能完成。

在原本的工作室裡《羅蜜莉・碧夏》已有不錯的進展，就像俗話所說有自己的生命與靈魂，保羅認為搬家告一段落後，故事又可以延續下去。現在讓他分心的搬家工作已接近完工，他告訴自己該是振作的時候了。於是他在三月的某個早晨出門，帶回兩大把黃水仙，將其中一把插在壁爐和喜來登燭台間的架上，另一把放在書桌前，然後拿出《羅蜜莉・碧夏》的草稿。

在開始工作前，保羅先從小黑檀木櫃的抽屜裡，拿出支票本和帳本。加總一番後，臉上出現若有所思的表情，他花在房屋裝潢上的錢，超出了原本的預算，最後的餘額還不到五十英鎊，而且目前不會有任何進帳。

「嗯！我忘了買地毯和棉布窗簾會花這麼多錢，不過，如果為了區區十英鎊就浪費這個地方，實在可惜……好吧！《羅蜜莉．碧夏》今年秋天一定要完成才行，就這樣，開始寫吧……」

於是保羅將稿紙拉了過來。

但工作非常不順利，根本毫無進展。廣場外不時出現噪音，保羅只能希望自己快點適應。一開始是小販叫賣商品，有推車和大聲吆喝聲，到了中午則是下課孩童的嘻鬧聲，他們在廣場上聚集，在保羅的大門上盪鞦韆，等下午的課開始，小孩紛紛回到學校後，彈著曼陀林的街頭藝術家卻正巧走到保羅的窗戶下演奏，這種打擾不算討厭，保羅打開窗戶丟了一分錢給那個男人，再回到工作上……

不過一點用也沒有，保羅發現自己竟直盯著房間，腦裡想著先前擺設家具的過程：那張深紅牽牛花的緞面高背椅，是不是放在較遠的那扇窗下；明亮挑高的天花板中間是不是掛好了水晶吊燈；繡框和牌桌放好了嗎……不，不行這樣，他寧可什麼都不做，也不要這樣徒勞無功的空想，最後他決定出去散步，沒想到卻在椅子上睡著了。

「這樣不行。」下午四點半醒來，保羅打著呵欠對自己說：「明天不能再這樣下去……」

但他卻覺得十分輕鬆、全身懶洋洋的，甚至打算取消晚上的約會。

第二天一早，保羅坐下來工作，甚至不許自己回任何的信，其中兩封是商店寄來的帳單，第三封則是艾希・班古寫來的短信，是從舊地址轉來的。這是個晴朗的好天氣，和煦的風呼呼地吹，萬物悄悄滋長著，每隔一、兩分鐘，房間就隨著飄過的雲影變亮又變暗，柔和不規則的光線就反射在晶亮的書桌上，甚至連被磨損的地面也閃閃發光，接著，早上慣有的噪音又出現了。

保羅在紙上點了一個小點，然後停下筆，將裝水仙花的花瓶移到乳白的窗格中央。接著寫了好幾行句子，又停下來，另外寫一些筆記和注釋。他成功地說服自己寫下這些備忘錄，然後起身在房裡踱步。突然靈機一動，想到房間如果能多點明亮的顏色，一定會更漂亮，現在淺淺淡淡的顏色，看起來雖然溫和柔美卻沒有生氣、甚至太過慘白……沒錯，他決定這房子應該有更活潑的色調、更豐富的花草，或更溫暖的靠墊、窗台座墊……

「可是，我真的負擔不起這筆開銷。」保羅喃喃說著，一邊拿起工具開始丈量窗台的寬度。

當他彎下腰量著窗台的尺寸時，心情竟變得愉快而專注，沒多久他直起身子，愉快地摩拳擦掌。

「喔，喔！窗戶上這些應該是被釘死的花盆箱，我來瞧一瞧！沒錯，是花盆箱，不然我……喔，又是一個新發現！」

起居室牆上的兩扇窗和寢室門後同一面牆上的另一扇，都重新上過漆，保羅以手指在上面檢查是否有任何的釘子，然後彎下腰，以小刀檢查窗架下被填補的老舊鑰匙孔。

保羅小心地鑿了五分鐘，然後走到廚房拿榔頭和鑿子，小心地鑿開窗台座椅下的小洞，將蓋子稍微鬆開，再以小刀沿絞鏈邊緣順著尾端向外劃開。

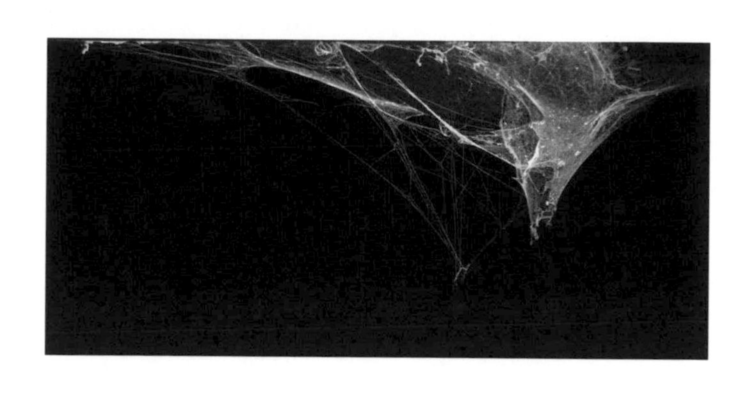

「現在謎底即將揭曉……」保羅喃喃自語地說。

鑿子和榔頭敲打的聲音，在甜美柔和的公寓裡聽來有些粗暴——不，簡直就是嚇人。牆上的鑲板隨著每次的敲打，不斷搖晃、震動，就像共鳴板一般。整間屋子也傳出回音，從寬敞的地窖到閣樓，似乎同時發出聲音，這些聲音讓保羅感到緊張。最後他終於停下來，拿出抹布蓋住木槌……現在箱子的邊緣終於分離，保羅掀起蓋子，上面的漆有些龜裂剝落，生鏽的鐵釘發出吱吱聲，蓋子被取下後，露出了下面的空箱，保羅探頭一看，除了塵垢與蜘蛛網，空無一物。

「沒有寶藏。」保羅覺得有點好笑，竟會以為裡面藏了寶物。「《羅蜜莉・碧夏》還是得在今年秋天完成才行，來看看其他地方吧！」

於是保羅走向第二扇窗戶。

撬開所有窗戶就花了保羅一個早上的時間，房裡的窗戶和第一扇沒什麼兩樣，但他卻從起居室的第二扇窗台下拉出摺疊成一英寸高、柔軟而蓋了一層厚灰的物品。保羅將這件物品拿到廚房，在水桶上清掉灰塵，以抹布擦拭乾淨。

這像某種粗呢絨布料製成的大袋子，攤開後幾乎鋪滿廚房的大半地面，形狀呈現不規則的三角形，有兩個很寬的蓋口和帶子、釦子，折疊起來時，最上層的布料因太陽的照射呈現褪色的棕黃色，而其他則是紅色。

「這到底是什麼東西？」保羅納悶地彎腰檢視……「我放棄了，不管這是什麼，今天就到此為止，不然恐怕……」

保羅將那塊布胡亂摺了一下，塞到廚房的角落。接著拿出平底鍋、刷子和一把舊刀，回到起居室開始刮洗剛剛發現的儲藏櫃，鋪了一些紙進去，清理完畢，又將多餘的靴子、書本和紙張放進去，蓋上蓋子。保羅對這次的冒險感到好玩，一邊又憂慮時間飛逝，他應該專心寫作才對……

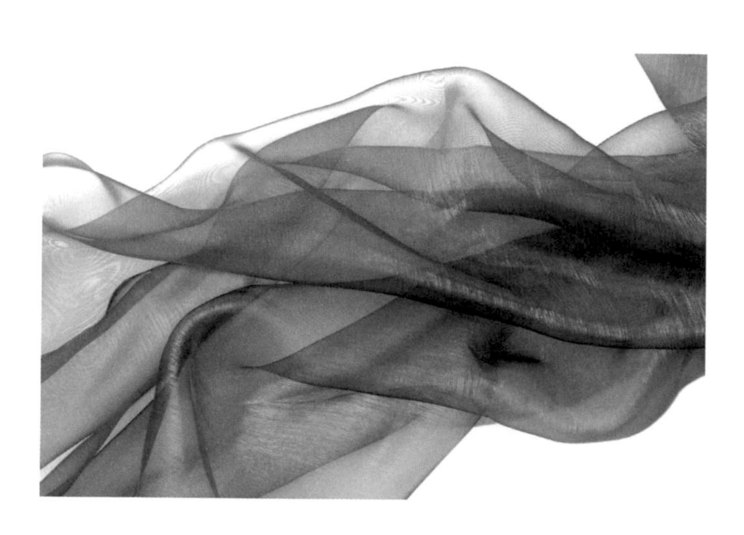

3

保羅對艾希班古感到有些生氣，她竟對這間房子正眼也不瞧一下，根本沒有留意這間屋子，或許她一直都是這種個性：對該有的優雅不屑一顧、不重視形象、寧願拿著紙袋吃餅乾也不願參加繁文縟節的晚宴。

艾希是一位記者，未婚，三十四歲，身材高挑，膚色白皙，容貌美豔，讓人覺得她就像一朵精挑細選的花。她的生活優綽、充滿朝氣、脾氣火爆，但懂得吹捧男女裝的廠商，也成功「獲贈」各式各樣的衣服，以充實自己的衣櫃，享受著比保羅更加充實愉快的人生。艾希喜歡走路有風，讓頭紗和圍巾隨風翩然飄動。

遷居一個月後的某日，保羅聽見樓梯上傳來艾希裙子翻飛的摩擦聲，還有一記用力的敲門聲，她的衣裙將外面的風一併捲了進來，然後她翻了翻放在椅子上的一疊女性刊物。

「不要因為我而停下工作。」艾希嘴裡咬著大頭帽針，邊脫下圍巾和頭紗。「我不知道你是否醒了，所以帶了三明治充作午餐，家裡有咖啡吧？你不用起來……我可以自己找到廚房……」

「喔！沒關係，等我將東西收拾乾淨，老實說，還真高興被妳打擾！」保羅興奮說道。

保羅將稿子收在一旁。不過艾希已經在廚房了，保羅聽見水流進水壺裡的聲音。趕緊走進廚房幫忙，十分鐘後，他拿著放咖啡和三明治的托盤，跟在艾希的身後走到客廳。他們坐著，托盤放在兩人中間的小茶几上。

「嗯，妳覺得我的新家如何？」保羅在艾希倒咖啡時問道。

「喔……誰都會以為你要結婚了！保羅！」

保羅大笑。「沒有，不過，總算有些進步，不是嗎？」

「是嗎？應該是吧！我也不知道。我喜歡你以前住的地方，除了黑色的天花板及沒有水龍頭的問題之外。《羅蜜莉・碧夏》寫得如何？」

保羅摸摸自己的下巴說：「這個，我還真不好意思告訴妳。事實上，我進行得並不順利，不過我想晚上應該會好一點，妳以前也常常這麼說。」

「沒有靈感？」

「非常嚴重。」

「可以閱讀部分內容讓我聽聽嗎？」

保羅一直有將作品唸給艾希聽的習慣，她總是能迅速提供實用的意見，有時是相當直接有用的辦法，有時則是迂迴委婉的建議。相較於他的自信，她總是小心不對他提起自己的作品，因為她說保羅的作品是「真正的傑作」，而自己的不過是濫竽充數罷了，甚至還有不合文法之處。

「恐怕沒有。」保羅邊回答，邊磨蹭自己的下巴。然後突然蹦出一句像招供似的話。「事實上，艾希，我還沒寫……真的還沒有寫什麼……唉，其實我根本沒寫。不過，這當然不表示一點進度都沒有，從另一方面來看，我已經有非常驚人的進展，我現在考慮重新架構整個故事。」

艾希倒吸了一口氣，驚訝地說：「重新架構！」

「我要將羅蜜莉寫成另一種典型的女性，因為不知道什麼原因，我開始覺得無法再從這個角色身上發揮，我確定就某方面來說，已經對她失去興趣。」

「可是……保羅！你將羅蜜莉描繪得那麼真實、生動！」艾希抗議。

保羅淺笑了一下。他早有心理準備，艾希會不同意他的做法。他並不訝異艾希會如此喜愛羅蜜莉，就像這個角色真有其人一般，因為不論她是否看得出來，他的創作中的確有許多艾希的影子。所以羅蜜莉對她來說，才會顯得如此「真實」、「生動」。

「保羅！你是認真的嗎？」艾希張大眼睛問道。

「非常認真。」

「你真的要銷毀已經寫好的十五章故事？」

「我沒這麼說。」

「那些優美、豐富的愛情場景？」

「除非不得已，或者是我想到更好的故事。」

「還有羅蜜莉站在海灘那一幕美麗、動人的描述？」

「不一定會。」保羅有些不安地說道。

艾希以誇大的手勢表達接下來的意見。

「你真想這麼做！真希望你有時候可以像個平凡人一般，活在現實的世界！你應該知道我是最不希望你降低標準的人，不過，讓普羅大眾了解你在寫什麼並不算降低標準啊！喔！你有時候真的太不食人間煙火了……如果你真的銷毀這十五章故事，那就太糟蹋、浪費你的才華。

理智一點，你已經辛苦寫了將近二十年，現在就快得到努力的成果；你現在正處於人生最重要的階段（喔！不用告訴我，我知道你的錢快用完了），你此刻竟想銷毀這部可能讓你揚名立萬的作品，反而打算另寫一部可能沒人想讀的作品，你還可能會因他們不想讀而責怪他們沒有品味吧！你真的在考驗我的耐心！」

保羅在她滔滔不絕說話時，一直搖頭。他們的交情不是一天兩天了。這個聒噪、有能力的女記者，是他敬重的朋友——但也只到某種程度，若超過的話就會各持己見。艾希・班古常說若有保羅十分之一的天分，那她幾乎就是無所不能了，但這樣說天分就成為可以量化、乘除的東西，就像原料一般，可隨意在他的作品中增減。可是天分是一種質，根本而重要，無法乘除、無形，超出她所能理解的範圍。他們在這一點一直無法取得共識。保羅知道，但她還是不明白。

「是的，妳說得沒錯。」保羅有些無力地說：「事實上妳說得一點都沒錯，若我將羅蜜莉交給妳，妳一定可以將她描寫得相當成功。可是這是不可能的，對我來說，我懷疑是否值得這麼做，妳知道我的意思。」

「什麼意思？」艾希粗魯問道。

「好吧！當妳覺得一件事不值得時，會怎麼辦？妳就不會做了啊！」保羅無奈地笑道。

艾希雙眼直盯天花板，心想該拿這個荒謬的男人怎麼辦。

「簡直胡說八道！」最後她脫口道：「上次見到你時，你還在創作《羅蜜莉》，以每星期四章的速度進行；如果沒搬家的話，早就寫完三大部分了。你到底哪根筋不對，竟然在進行重要著作的時候搬家？」

保羅敘述了一堆以前生活的種種不便，想藉此堵住艾希的嘴，可是她完全聽不進去，或許在她心中根本就懷疑那些理由。他只是受夠那個狹窄的生活環境，他已經在那種環境生活二十年——住了二十年的閣樓、頂樓隔層、陰暗骯髒的公寓和簡陋的房舍，他厭倦了黯淡髒亂、寒酸貧窮。成功是如此遙遠——甚至是不可能，他再也不會像過去那樣在意，殷切想伸手掌握。當人疲累到這種程度時，你可以鼓勵他再努力一下就能成功，如果他無法堅持到最後，那麼希望又將遙遙無期……

「總之，」保羅最後下結論道：「我現在住在這裡比以前快樂，這也算是很好的理由吧！」

「然後荒廢所有的工作。」艾希一針見血地說。

聽見這句話，保羅突然有些惱怒，質問道：「憑什麼我除了工作什麼都不能做？那樣子我會比較快樂嗎？我不是不愛我的工作，可是有時候寫作成了難以承受的負荷，讓我一心想擺脫它，以前我可能好幾個星期會感受一次靈感來臨時的光明與顫慄；但我現在已經四十四歲了，寫作變成一種苦差事。沒有人要做這種工作，連我也開始不想做了。如果有任何一個腦袋正常的人問我，會不會覺得自己像個傻瓜一直做下去，我想，我會同意自己真的是個傻瓜。」

艾希美麗紅潤的臉龐變得十分嚴肅。

「這些道理你以前……好多年前就已經知道了，可是保羅，你還是做了這樣的選擇啊！」艾希細聲說道。

「那時的我知道什麼？我什麼都不懂，只是被告知要這樣做，我的心這麼告訴我，我就以為自己懂了。年輕的時候總以為自己什麼都知道，等到有一天猛然驚覺，才發現自己快五十歲了……」

「四十四歲，保羅……」

「好吧，那就四十四歲！然後發現最美好的時刻不在前方，而是過去。沒錯，我知道、我也做了選擇，如果那也算是的話……不過我們年輕時所做的選擇，代價真大！」

艾希低頭盯著地板，動也不動地說道：「你後悔了嗎，保羅？」

保羅說：「最近我真的這麼覺得，我付出這一切究竟得到了什麼？」

「你知道可以得到什麼。」

從伸出的雙手和她的口氣，保羅應該知道可以得到——她。她知道，可是她不能告訴保羅，她是他所能送給自己最好的回報。如果在過去的十年裡，保羅向她求婚的話，她一定會平靜地回答：「很好，什麼時候？」可是他竟想都沒想過……

「你的作品是真正的傑作。」艾希平靜地說：「沒有你，我們這些凡夫俗子簡直無法生存，很少有像你這樣的人會將所有的事都攬在肩上。」

沉默了一會兒，保羅突然發覺自己剛剛那一席話，都只是無聊的牢騷，這不是他慣有的行為，便起身收拾杯盤。

「艾希，真抱歉讓妳看到我這副模樣。」保羅有些慚愧地笑道：「我將這些東西收拾乾淨，然後我們去走走……」

保羅將托盤端走，然後帶著艾希參觀公寓，她給了一些意見。當他們走進廚房時，艾希詢問那張被貝瑞太太當作坐墊的褪色方形紅粗呢絨布是什麼？

「那個啊？我還希望妳能告訴我那是什麼呢！」保羅一邊攤開布袋，一邊說起在窗台座椅上發現它的經過。

「我想我知道那是什麼，那是將豎琴收進琴盒之前，用來包裹豎琴的。」

「天啊，很可能是！」保羅驚訝道：「我完全看不出來……」

參觀完公寓之後，他們回到了客廳。

「這大房子還有誰住？」艾希問道。

「我猜，有些妓女偶爾會住在地窖，其他都是空的。」

「嗯，你想不想聽我對這裡的看法。」

「說來聽聽。」

「你住在這裡永遠也寫不出來。」

「喔？」保羅很快問道：「怎麼說？」

「你在這裡永遠也不可能完成《羅蜜莉》，我也說不上來為什麼，可是我就是知道你寫不出來，如果你真的想完成那本書一定得搬家。」

保羅沉默了一會兒，才繼續說：「這算不算是……偏見呢？艾希？」

「完全是偏見，如果真要爭辯的話，是完全沒有立場，不過事情就是這樣子。」艾希嘴裡咬著帽針說道。

保羅伸手拿起帽子和外套，笑道：「我只能希望妳猜錯了。要是《羅蜜莉》今年秋天無法完成，我就慘了。」

4

那天晚上，保羅坐在壁爐邊回憶艾希的預言——他未來的工作將會遭遇困難，但他最後的結論是，艾希最好將這種想法留給自己吧！如果一個人的自信被糟蹋，就什麼也做不成了，更別說再提起那些令人喪志的種種困難。

語言本身產生了威嚇的負面力量，隨之而來的是一種消滅別人志氣的效果，除非那件被警告的事沒有發生。保羅並不認同艾希所說的話，但心裡卻產生不想完成《羅蜜莉》的念頭。

艾希還以女人常有的不合邏輯、武斷的方式，表現出對他新家的排斥。還有什麼比這更荒謬的？

「你在這裡永遠也不可能完成《羅蜜莉》……」

為什麼不會？難道奪走一個人的動力、讓他變得怠惰懶散最後被判出局，是她的樂趣嗎？住在這裡很好——這麼迷人，一點也不像艾希說的會讓人情緒低落！不，這次一定是艾希搞錯了……

保羅挪動椅子環視這間微笑的房間，沒錯，在火光中微笑的房間。保羅也笑了，彷彿艾希的遺憾只是邪惡公寓用以娛樂的戲碼。在如此柔美的燈光照耀下，他先前認為房裡那太過慘白的色彩都變得不再那麼顯眼。

棉布窗簾上有著花朵和格子圖案，還有花籃與麥桿，整齊地垂落在窗台的座位上，書架的鑲邊反射著光線，白天出現的暗黃色痕跡，在火光下已消失不見，如果真要說實話，搞不清楚狀況的人是艾希。

這樣的想法讓保羅感到訝異，不過他很快又重新思考。沒錯，今天下午在這間房裡，他的確沒有好好招待艾希。

雖然不明顯但毫無疑問，這房間與艾希的品味完全不同。如果說這間房子因為缺乏生氣，而成為下午爭論的主因，那麼艾希實在太不應該了，假如將兩人的品味加以對照，艾希喜歡的是奢華風格，而保羅則偏好簡單樸素。

保羅非常清楚地發現——他奇怪自己先前竟未發覺——現在重新回想艾希下午在這裡的情景：她身上粉紅的色彩，以及散發出來的那種如得獎名貴花卉般的氣質，這一切突然在他的想像中，變得十分不堪。

保羅現在才注意到某種不尋常處，儘管當時在場聽著艾希的批評，並未意識到她昭然若揭的企圖，那瓦解的自尊說明這起爭論的主因；在她的意圖背後，暗藏必然失敗的可能。在過去密切交往的這十年中，他從未想過要向她求婚；不但如此，現在他竟有種慶幸的感覺……

然後，他的臉因為猜想而迅速羞紅，這位好幾個星期下午都與他一同度過的艾希・班古，他的好友，是他的依靠、最不會辜負他的人，她對他的友情與忠誠一定會持續一輩子的，但他竟將她想得那麼不堪！他真是個忘恩負義的壞蛋……

如果艾希・班古出現在他面前，他一定會謙卑地請求原諒。

保羅又在那兒呆坐了十幾分鐘，雙眼盯著爐火，臉上的羞紅漸漸消退。四周靜悄無

聲，只有水聲滴滴答答地從廚房傳來——那是水滴從關不緊的水龍頭流進下方的水管所發出的聲音。保羅開始機械式地隨水聲敲著自己的指頭；規律的動作似乎加速臉上紅潮消退的速度。他又平靜下來，但當他又開始回想時，竟無意識地又從剛剛中斷的想像中繼續……

讓保羅對艾希產生批評的原因，並不僅止於她對華麗奢侈品的偏好，還有兩人想法上的差異。回憶往事，讓他發現兩人的性格南轅北轍，他對彼此的個性在某些方面頗為契合這點，深感疑惑。

沒錯，他曾將自己的作品讀給她聽，她似乎也懂作品想傳達的意義、說得出作品的精髓，但若一個人在過去一直相信的事物，突然間被證實都不是真的，那該怎麼辦？現在他對一切都充滿懷疑……他的確想過，當人要的不只是友誼時，很可能會失去這份友誼，不過他將這樣的想法放到一邊。

但現在他又反覆想起，又開始隨著遠處的水滴聲敲著手指……

現在（不久後他這麼想），如果關於艾希・班古的假設都是真的，那她就是羅蜜莉・碧夏這個角色的原形。他敢藉羅蜜莉來描述艾希的種種，卻不敢直接言明，他任由思緒漫遊，在火光閃耀的微笑房間裡，和著微弱的水滴聲。

現在一切都再明白不過了，他簡直非常討厭小說中的角色，而艾希甚至比他所描寫的更誇張，她的本質粗劣、浮誇、低俗。當他的想法成形之際，她儼然就真的成為這樣的角色。

格烈佛曾如此描寫巨人國中那位首席女儐相，而她正好在心理與精神上完全呼應：冷漠、心胸狹窄、平凡。這樣的角色（此時他閉上了眼）竟充斥在這十五章粗鄙而胡鬧的文章裡，而他竟然沒有發現，這就是讓他無法繼續寫第十六章的原因。他驚訝自己竟然到現在才赫然發現。

所以他要創造碧翠斯——讓艾希・班古燒熔在他的藝術熔爐裡，他要讓碧翠斯成

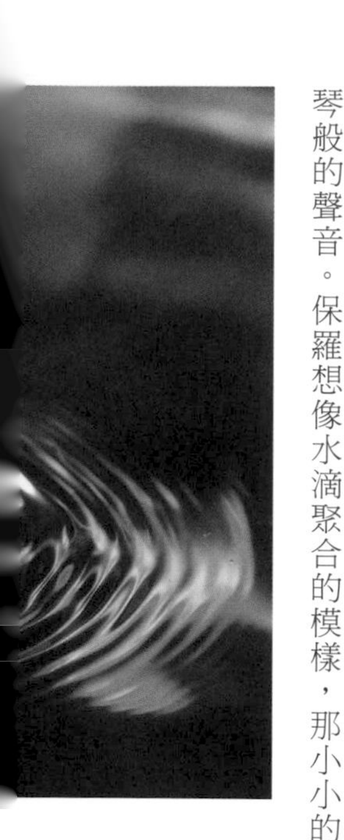

為所有男人渴望的女人！她的所思、所想都必須是取自他的精粹，是從他最美的夢中所創造出來的角色，不論何時，只要是適合她的場合都要讓她出場。他等待這一刻已經很久，突然某一天這個角色觸動他的靈感，就像母親感覺到胎動一樣，他開始寫，一章又一章不斷地寫……

這筆墨未乾的十五章竟是他所寫的！

他又坐了下來，無力地敲著手指……

然後鼓勵自己。

羅蜜莉的角色一定要拿掉，與她有關的這十五章，就這麼決定了。但要以哪個角色來取代，現在還是一片空白；不過好歹一次解決，人不會因為正確的方向還沒出現就先停止錯誤的做法而受到處罰。該來的終究會來，同時……

保羅站起身，拿起十五章手稿，在丟進火堆前又過目一遍。

結果他並未將手稿丟進火裡，而是任由稿件從手中滑落。他又聽見水滴聲了。那水滴聲的音域多達四、五個音符，而且還不規則地改變，構成一首甜美稚氣的曲調，像揚琴般的聲音。保羅想像水滴聚合的模樣，那小小的水滴在水龍頭口凝聚，然後落下、敲擊出叮叮噹噹的聲音，聲音輕到幾乎聽不見。在最低的音符之後，似乎是一連串不規則重複的音節；保羅發現自己竟然在等待那個音節的出現，那曲調還真好聽……

不過這樂曲並沒有讓他醒來，保羅就這麼坐在火爐邊睡著了。

當他醒來時，壁爐裡的火幾乎熄滅，蠟燭也已經燒到喜來登燭台邊緣。保羅慢慢站起身來，一邊打著呵欠，一邊進行睡前的例行檢查，鎖門、關窗，然後走進房裡，很快地沉沉入睡。

但第二天，那件事有了小小、怪異的續集。貝瑞太太如同往常在保羅床鋪旁的木牆上敲門，保羅起床、披上睡袍，開門讓貝瑞太太進來。他並沒有意識到自己起床後正在哼歌，可是貝瑞太太的手放在門把上，刻意移開臉微笑。

「我的天啊！」貝瑞太太以柔和的假音說道：「那是一首非常古老的曲子呢！保羅先生！我已經四十年沒聽到了！」

「什麼曲子？」保羅問道。

「就是您剛剛哼的那首曲子啊！先生。」

保羅原已將拇指伸進信的封口，此時卻停下動作，問道：「我在哼歌？貝瑞太太，麻煩妳唱一遍讓我聽聽。」

貝瑞太太噗哧地笑出聲。

「我不會唱歌啦！保羅先生，我們家族裡最會唱歌的是安普，不過這首歌非常古老，叫做〈召喚我的可人兒〉。」

「試著唱唱看。」保羅說著，手還放在信封裡，於是貝瑞太太一邊微笑、一邊疑惑地哼著。

「有人說這是豎琴曲，不過真的是一首很古老的曲子。」貝瑞太太下了結論說。

「我剛剛在哼這首歌？」

「沒錯，我不可能對您撒謊。」

保羅只得說：「好吧，我準備用早餐了。」然後拆開他的信，不過剛剛那件事實在讓他感到奇怪，因為那首曲子與昨晚水龍頭滴下的水滴聲一樣。

普通水龍頭滴出的水滴聲竟與實際存在的歌曲完全吻合，這件奇怪的事似乎喚醒了保羅的聽覺感官，使他對對這間屋子的各種聲響超乎常人地敏感。

雖然我們知道所謂的寂靜會因某些小聲音的烘托，而更顯寂靜；不過，這間屋子從來沒有靜下來過，或許是春風讓冬眠的老木頭發出聲響，也可能是保羅的火爐讓房子的結構膨脹，當然也可能是一群藏匿在梁柱中的昆蟲，不斷騷擾這棟屋子。

保羅只要靜靜坐上一、兩分鐘，就可以聽見屋裡出現許多聲音，就好像仲夏之夜，原以為毫無動靜的森林突然傳出蟲鳴的巨響。

他笑著思索人類對於有、無生命的分界實在過於反覆無常。現在的他，聽見一種奇異的聲響，不同於那些極易辨識的老鼠跑跳碰撞聲、也不是隔板後灰泥掉落的聲音、更不是火堆裡傳出的聲音，而是整間屋子都在以他聽不懂的語言與他交談。

橫梁在疲憊的嘆息中嵌進老舊的榫眼，生物敲擊著牆壁的滴答聲，劈啪作響的關節、不停抱怨的木板，還有那些在空氣沒有明顯擾動下，卻依然輕輕發出聲音改變位置的窗框。

不論這間屋子算不算有生命，但它的確展現出生氣蓬勃的特質。保羅花了約莫一個小時的時間思索，終於相信就像靈魂與身體的密切關係，在某種程度自己的住所也應該受到影響。

保羅甚至開玩笑地想到，未來住在此地的房客，可能會認為他是這間屋子鬧鬼的原因。如果像他這樣一位心中除了寫小說之外對人完全無害的作家，竟成為未來鬼故事中的鬼魂，鐵定是天大的笑話！

在他漸漸開始對這間屋子的結構產生興趣的同時，艾希・班古也開始明顯地表現對這間屋子的嫌惡，而且毫不顧忌地說出她的反感。

「這棟屋子完全過時了，對你來說尤其糟糕。」艾希肯定地說：「你就是太容易放棄實際的東西，結果變得一副漠不關心的樣子，你應該住在有水泥地板、瓦斯錶和電梯的地方。如果能找一份與同事們一起勞心煩惱的工作，對你有益無害。如果我現在可以介紹一份工作，每週大概只需要工作兩、三天，這樣還有很多時間可以做正業，你願意接受嗎？」

保羅對這樣的評斷，感到莫名的惱怒，他向艾希道謝，臉上卻連一絲笑容也沒有。

「謝謝妳的好意，不過，我想還是算了。畢竟，每個人都有自己的生活方式。」保羅忍不住補充道。

「自己的生活方式……保羅，你上次外出是什麼時候？」

「大概兩個小時以前。」

「我不是指外出買郵票或寄信之類的，從你上次外出活動筋骨到現在，隔了多久？」

「喔，有一段時間了吧，我不記得了。」

「從我上次走了以後？」

「我沒有經常外出。」

「既然你一直關在家裡，那麼《羅蜜莉》的進展有比較快速嗎？」

「應該有，我正在寫故事架構，要不了多久就可以開始寫故事的內容。」

艾希似乎忘記上回談到《羅蜜莉》的經過，只見她皺著眉頭、轉過身，然後又迅速轉身過來。

「所以你還是抱持那種荒謬的想法？」

保羅緩慢地說道：「如果妳所謂的荒謬，是指我將舊的羅蜜莉角色換掉，構思另一個新人物的話，那麼妳說得沒錯。我還是有這樣的念頭。」

他的話中帶刺，刺傷了她，但她可是鬥士，保羅無聊的敏感反而更加強她的意志。她啐了一聲，表示心中的不耐。

「舊的稿子在哪裡？」艾希突然問道。

「幹嘛？」

「我想看，我也要讓你看看自己寫的東西。如果你還沒有瘋的話，我想讓你的頭腦恢復清醒。」

這一次換他轉過身背對著她。不過當他轉回來時，他的語氣變得比較柔和了。

「不需要這樣，艾希。我會為自己的行為負責，妳一定要放手讓我做……就算對妳來說是錯的。請相信我，我認真思考過，我正打算燒掉手稿，不過還沒有。如果妳一定要看的話，我放在窗台座椅下。」

艾希迅速走到窗台座椅前，一把抬起蓋子。但她突然發出慘叫，將手背貼在嘴上，轉頭對保羅說道：

「保羅！你應該將這些釘子敲進去的。」

保羅大步走向她。

「怎麼了？發生什麼事？我有將釘子敲進去，不然就是拔出來。」

「你漏掉的這些就足夠刮傷人了。」

艾希將手臂伸向他，從她手腕到小指關節處出現一道紅腫的傷口。

「天啊！我的天！」保羅驚呼：「來，我們快進浴室沖洗。」

保羅將艾希火速帶進浴室裡，轉開熱水，洗淨那道紅腫的傷口。然後繼續抓著她的手，邊以冷水沖洗，邊驚訝又關心地安慰她。

「我的老天，怎麼會發生這種事！我記得已經……水會太冷嗎？痛不痛？我想不出原因……這樣應該可以了吧！」

「沒關係，再一會兒，我還忍得住。」艾希雙眼緊閉，喃喃低語。

不久，保羅領著艾希走回客廳，以手帕幫她包紮傷口，可是他還是一副不解的模樣。因為他曾花了半天的時間撬開那三個窗台，讓窗台能安全使用，他無法相信居然有疏忽的地方，讓生鏽的鐵釘留在木頭上。他已經打開那些蓋子不下十次，卻從未注意上頭有釘子，但真的有釘子……

「無論如何，現在一定得將鐵釘拔出來才行。」保羅喃喃自語，起身去拿鉗子，這一次一定不會出錯了。

艾希‧班古躺在椅子上，臉色十分蒼白，手上還緊抓著《羅蜜莉》的手稿。《羅蜜莉》的事情還沒結束呢！沒多久，她又回到先前的討論。

「喔，保羅，如果你不出版這本書，那可是天大的錯誤！」

保羅低著頭，非常苦惱。他還是忘不了剛剛那起釘子傷人的事件，《羅蜜莉》反而變得不重要了。可是艾希偏偏還是那麼堅持；使得他說話的口氣像在請求她原諒自己一般。

「艾希！我該怎麼說？我只希望當妳看到我完成的新作品時，會同意我的堅持是多麼正確。但若妳還是不喜歡的話，那麼……」保羅做了一個無助的姿勢。「難道妳真的不了解，我一定得順著自己的靈感嗎？」

艾希沉默不語。

「來吧，艾希。」保羅溫柔地扶起她。「我們一直都處得很好，不要為這件事鬧翻了。」

最後幾個字才出口，他就後悔了。艾希一直在照顧受傷的手，雙眼也一直緊閉著，可是她的嘴和眼皮卻同時抖動，顫抖地說道：「保羅，我實在無法忍住不說，你變得太多了。」

「噓，艾希。」保羅低聲安撫道：「妳剛剛受了驚嚇，先休息一會兒，我怎麼會變呢？」

「我不知道該怎麼說，不過你真的變了。自從你搬來這裡之後，就變得不像從前的你。我寧願你從沒見過這個地方，這裡讓你無法工作、將你變成我幾乎不認識的人，還讓我擔心得要命……啊，我的手開始抽痛了！」

「可憐的孩子！要不要帶妳去找醫生，好好處理這道傷口？」保羅輕柔地說道。

「不用了，我將手舉高，應該很快就沒事了。」

艾希將手肘放在椅背上，包紮的手輕輕放在保羅的肩膀上。

但這樣的接觸突然讓保羅產生不同以往的不安與焦慮，雖然艾希經常在兩人出遊踏青時，挽著他的手不下千百次，但就像挽著兄弟姊妹一般，對這種親暱的舉止，他也一直以兄妹之情坦然接受。但現在，他首次感到內心湧進數百個自己也不禁訝異的疑問。艾希的雙眼依然緊閉，她的頭無助地往後仰；但微張的唇上，卻出現迷惘而難以解釋的微笑。他突然完全明白了，天啊！他竟然從沒想到過。

更奇怪的是，現在他終於看出艾希早已愛上他，但內心卻產生一種既非難過、也非羞辱與被貶低的感覺，而是相當奇怪、完全沒有過的感受，讓他怎麼掙扎也是徒勞無功，如果真要分析的話，他發現自己竟然感到生氣、激怒、嫌惡與粗魯。

在還沒意識到之前，自私已經掌控了他，讓他說不出話來。艾希到底在這兒幹嘛？為什麼不去做自己的工作？為何要在這兒打擾他？誰允許她像最近這樣武斷地管束自己……我變了？不，改變的人是她，不是自己……

不過在艾希睜開眼睛之前，他成功地壓抑心中的嫌惡，儘管語氣仍有保留，但已經可以溫柔地對她說話。

「讓我陪妳一道去看醫生吧！」

艾希起身說道：「謝謝，不用了。我現在就離開，如果需要上藥包紮，我會去找醫生的，再見！」

保羅並沒有留下她的意思，將她送到大門口的台階。艾希走了一半，突然回過頭來。

「來這兒一趟的路程頗遙遠，如果你不在就糟了，下次要來之前我會先寄一張明信片給你。」

走到大門口時，艾希又回過頭來，表情十分憂慮地說道：「保羅，趕快離開這裡，這個地方很不對勁。」

然後轉身離開。

保羅回到房裡，直接走向那個花盆箱，將蓋子掀開來仔細端詳，然後再將蓋子蓋上，轉身離開。

「真可怕！」保羅喃喃說道：「我怎麼可能忘了將釘子拔掉……」

6

保羅很清楚艾希說下次來訪前，會先寄明信片是什麼意思。因為她明白他已經知道她的心意，但結果他並不要她。這個結果讓保羅感到十分痛苦，但不到一個星期，艾希又回來找他，敲著他的房門，事前並沒有通知。她站在樓梯的平台上與他談話，表明不打算久留；而保羅則得在她進門前攔住她。

艾希這次來訪的理由是聽到有人正在找作家寫短篇故事，他應該可以勝任這份工作。於是保羅向她道謝，之後，她又急著想離開。即使保羅看穿她真正的意圖，也不打算留她，只是陪她走下階梯。

可是艾希・班古與這屋子真的八字不合。第二起意外又發生了，當艾希走到半途時，突然傳出木柴破裂的尖銳聲，隨即伴隨著她的大哭。保羅知道這些木頭非常老舊，可是他每天上下樓梯，卻從未發生任何意外……

艾希將腿拔出樓梯的破洞。

保羅著急地衝到她身邊。

「喔，我可憐的女孩！」

艾希突然歇斯底里地大笑。

「是我太重了，我知道自己變胖了……」

「不要動，讓我將木頭的碎屑清掉。」保羅咬牙說道。

艾希還是又哭又笑的，說是自己太重、自己變胖了……

保羅將手塞進破損的木板裡，好不容易才將艾希的靴子拿出來，從這點來看，不難想像裹在鞋中的腳和腳踝一定傷得很厲害。

「我的天啊！」保羅不斷反覆叫道。

「很快我就會重到什麼都撐不住。」艾希哭笑道。

但她拒絕與保羅一起上樓檢視傷口。

「不，快點讓我走吧！快點讓我走。」艾希不斷請求道。

「可是妳的傷很嚴重！」

「不，沒那麼糟，快點讓我離開，我……我不受歡迎。」

聽到她說自己不受歡迎，他的頭好像被打了一拳般垂了下來。

「艾希！」保羅幾乎說不出話來，話語斷斷續續而慌張憂慮。

可是艾希突然做了一個動作，好像要用力將什麼東西撥開似的。

「喔，保羅，不，不是你的緣故，當然我也有那樣的意思。喔，你知道我的意思！如果沒有辦法的話，現在就放過我吧！我……我真不該來的，可是，我的確試過要離你遠一點！」

這席話聽得真讓人心酸、無法忍受，可是他能怎麼辦呢？他該怎麼說？他根本不愛她……

「讓我走吧！我不受歡迎……讓我將僅剩的一切帶走……」

「親愛的艾希，妳是我最親密的朋友……」

可是她又做了那個好像要趕快將什麼東西撥開似的動作。

「不，不要這樣，不要這樣對我，請留一點自尊給我……」

「等我一下，我去拿帽子和外套，讓我帶妳去找醫生。」保羅低聲說。

可是艾希拒絕了，甚至不讓他扶她起來，她又開始不安地笑。

「真抱歉我將樓梯弄壞了，保羅，你會去詢問那個短篇故事的工作吧？是不是？」

保羅咕噥回應。

「如果妳不去看醫生，可不可以走到廣場對面，讓貝瑞太太幫妳看看？妳看，現在走過來的正是貝瑞先生……」

長鼻子貝瑞站在巷口，好奇地張望這裡發生的一切，但當保羅要叫住他之際，他卻一言不發地走了。艾希一副想趕快離開的模樣，所以只好答應保羅會直接去找醫生，但堅持要一個人去。

「再見！」艾希說。

保羅目送她走過那些如斧頭般的「吉屋出租」招牌，唯恐連招牌都會掉落，砸傷她。

那天晚上，保羅吃不下飯。他心中有太多的事，他在公寓裡踱步，走過一間又一間的房間，好像這樣就能趕走迴盪在耳邊的艾希．班古的哭聲。

「我不受歡迎，不要這樣對我，讓我將僅剩的一切帶走……」

唉，如果他能說服自己愛她就好了！

他一直來回踱步，直到天色朦朧。他沒有點蠟燭，只升起了爐火，頹坐在椅子上。

「可憐的艾希！」

但即使他為她感到心痛，他們之間還是不可能。如果早點發現就好了！如果他曾用心觀察，一起散步的時光、如兄妹般手挽著手的動作……他真是個傻瓜！唉！現在一切都太遲了，現在必須躲得遠遠的人是她，不是他。如果可以的話，他願意盡全力幫助她，他不會出現在她面前，如果她來，他一定會儘快將她帶出去，可憐的艾希！

房裡的光線漸漸變暗，爐火也已經燒盡；而保羅還是坐著，不時抽搐，好似又聽見那令人痛苦的音符。

保羅也不知道為什麼，突然開始擔心……擔心艾希的安全。他想到一些可怕的情景，想到她可能站在河堤旁看著黑暗的河水，或看著門上的掛勾……女人的確會做這些傻事！然後警察會展開調查，他會被要求去認屍，他們會問起她手上那道傷口，還有腳踝的擦傷是怎麼來的。然後貝瑞會指證曾看見艾希離開他的住處……

他意識到自己的想法實在很病態，努力想忘記這些胡思亂想，坐在椅子上傾聽從牆壁隔板裡傳來的咯吱聲、滴答聲、敲擊聲……

如果他能娶她就好了！可是他做不到。艾希的臉又浮現在他的腦海裡，就像先前看見她坐在椅子上的模樣，痛苦而扭曲、醜陋、浮腫的臉，爬滿了淚水，不斷啜泣；如果真像人們所說的眼淚是女人的武器，那麼這些眼淚就成了對抗自己的武器……

然後他突然發現自己十分在意發生在艾希身上的那兩起意外。

這兩起意外都太不尋常了。他不可能將那根舊鐵釘留在木蓋上，他還特地到廚房裡拿工具，而被她體重壓壞的木階，也該與其他階梯一樣安全才對。

這實在太難解釋了，如果連這種事情都會發生，什麼都可能發生。這房子的每根橫梁、每條邊框都可能在無預警的情況下，隨時掉落。所有的木板都可能往屋內坍塌、所有的鐵釘也都可能變成傷人的武器。這整棟房子比先前更富生命了，保羅坐在椅子上傾聽房子傳來的各種聲響，彷彿這棟房子是巨大的麥克風……

他在半迷糊的情況下，坐在那兒分辨那些聲響，想著每種敲擊、碰撞、劈啪聲，應該是什麼原因造成的，不過其中卻有一種聲音，被保羅粗心地忽略掉，沒有去思考那是如何產生的。

那聲音幾分鐘前曾出現過，現在又再度出現……一種非常輕柔、刷過某種物體的窸窣聲，非常微妙的聲響，幾乎聽不見。保羅的注意力轉移，傾聽那聲音足足有半分鐘之久，但後來卻還是想起艾希・班古。

此刻的他，比任何時候都更覺得自己可以去愛她。他想著對其他男人來說何謂摯愛，凡人的可悲命運告訴我們，我們不過是世界的過客，都必然面對共同的命運，除了把握剩餘的時間去愛，其餘的幾乎都不值得一做。

斷腸的哭泣、滿溢的淚水、被病痛折磨的軀體、被現實世界磨損得麻木堅硬的心……在這些障礙的阻撓下，愛還會剩下多少！以這個角度來看，他的確愛著艾希，雖然她的快樂從未讓他有任何感動，但她的痛苦卻喚醒了他……

保羅的冥想又被迫中斷，因為他又聽見那輕柔、不斷重複的聲響……那種刷過某種長長物體的窸窣聲，幾乎聽不見的聲響。那聲音帶著莫名的堅持，一次次地、急迫地傳來。那聲音在保羅開始專心聆聽時加快速度……好像變得更大聲了……

突然，保羅從椅子上起身，緊張聆聽，那絲滑的窸窣聲又傳來，他想找出這種聲音究竟像什麼……

但接下來，他卻嚇得跳起來，緊張、焦躁、恐懼不已。他的椅子先是懸在半空中，然後倒下，撞倒了清理壁爐的工具，發出匡噹的聲響。全天下只有這種聲音可以將他嚇得跳起來……

當那聲音再度響起時，保羅緊張地將手放在身後，摸索著向後退著走，直到自己終於靠在牆壁上。

「我的老天！」保羅蹦出了這一句話，但那聲音已經消失。

保羅高聲驚呼：

「是什麼東西？是誰在那兒？」

突然一陣小跑步聲嚇得他跪了下來，不過他聽得出來，這是老鼠跑過的聲音。這不是讓他突然緊張得反胃、天旋地轉的聲音。那個聲音……那個聲音根本不該存在於這個世界上，不過，現在已經完全消失，於是他又對空大喊……

他一直喊、不斷叫喚；然後一股恐懼攫住了他，他恐懼自己的聲音。他怕得不敢再呼喊，顫抖的手伸進口袋裡找火柴，可是什麼也沒找到。他想到，壁爐上的架子應該還有一些火柴才對……

他緊貼著牆壁走到鄰近小壁龕的壁爐架旁。他的手碰到壁爐架，在上面摸索，結果卻將一盒火柴撥進壁爐裡，雖然在火光照耀下，可以看見火柴，但無法伸手撿拾，只得想辦法將它們勾到壁爐圍欄邊的角落。

他終於可以起身擦亮火柴。

房間看起來與先前一樣，他又擦亮第二根火柴，點亮桌上的蠟燭，燭火先是呈現黯淡的光芒，一會兒才整個燃亮，他再次環顧四周。

什麼都沒有。

雖然現在什麼都沒有，但剛剛的確出現了什麼東西，說不定那東西還在這裡。如果是從前，保羅一定會笑自己竟然有這種怪誕的念頭，但在他與這幢美麗的房子同化與互相影響下，將來可能會編造出一個鬼魂，但他沒有想到過去或許真的曾經發生類似的同化與融合。

他現在卻親身感受到過去認為根本不可能的事情。這屋裡還有別的東西存在。除了他這位房客外，還有別人；而另外那位房客，不論是人是鬼，製造出女人梳頭的聲音，讓保羅感到毛骨悚然、恐懼不已。

7

保羅在迷迷糊糊的情況下，走到那塊被艾希踩壞的台階上，現在被他以一塊木板暫時鋪在上面。他沒帶帽子，正打算下樓梯，卻猛然想起桌上的蠟燭忘了吹熄，於是趕緊回家，打開僅容一人穿過的門縫，然後再側身而出，輕輕關上門。

但當他走到樓梯口時，卻發生另一件令他驚訝的事。他看見某個東西從棄置已久的地窖裡竄出，飛快溜走，消失在門口。不過是隻貓，卻讓保羅嚇得像小孩一般抽噎。

他走出大門，站在那塊「吉屋出租」的招牌下，一邊可笑地抵嘴，一邊抬頭望著屋裡紅色百葉窗後反射的光芒。然後回頭望著，蹣跚走向廣場。在廣場角落有一間小酒館；保羅從沒有進來過；但現在進來了，他掏出一先令[3]，卻連櫃檯都沒搆著就掉到地上。

「白……白蘭……白蘭地。」保羅彎腰尋找掉在地上的錢。

他坐在小小的吧台上，酒吧裡還有貨車司機、工人和附近的商人，他們坐在較遠的包廂裡，再往後就是穿梭在水龍頭和瓶瓶罐罐間的白髮老闆娘工作的空間。保羅坐在一張堅硬的木質靠背長椅上，座椅上有許多小孔，他邊喝著白蘭地，邊想到自己有可能會

嘔吐。

然後想到酒館裡的人，有誰明天可以幫他搬家具。

他想著並且點了更多的白蘭地。

他不打算回到蠟燭還繼續燃燒的家。喔，不，他甚至無法面對那道門、那個壞了一階的樓梯，更別說那間白色的美麗房間。他寧願回到以前工作室和睡房分隔兩地的時候；他願意馬上回去找從前的房東太太，一喝完白蘭地就去找她，看她能不能收留他一夜，他的酒杯空了……

他站起身，點了一杯酒，又坐了下來。

如果有人問及他再度搬家的原因是什麼？喔，他的理由可充分了，非常充分。釘子會自己跑回木蓋上刮傷人的手，階梯會在你走在上面時，突然斷裂；還有某個奇怪的女人會趁黑暗中跑到男人家裡梳頭，這些理由夠充分了！他被這些東西弄得困擾不堪。

他租下這間房子是為了自己，不是要讓什麼看不見的女人跑進來梳頭；應該要讓那個在林肯旅館擔任律師的傢伙知道才是，這實在太不應該了，竟然訂了這樣的合約，還讓人住進來。

在保羅的座位和那位忙碌的白髮老闆娘間隔了一面刻花玻璃屏風，不過那屏風高出櫃檯七至八英寸。而在酒吧的另一邊則沒有屏風。保羅抬起頭，恰巧看見透過縫隙盯著他瞧的臉孔。但被他發現之後，那些臉又通通移開了。

於是保羅挪到角落，不會被人從吧檯看見的位置；但這卻讓他剛好與白髮老闆娘在同一邊。

老闆娘一眼就認出保羅，她曾好幾次看見保羅在店門前來回經過；沒多久，她便開始和保羅寒暄、閒聊。

保羅不知道自己究竟回答了什麼，不過還記得他們提到前一個冬天氣候惡劣，許多人都感冒了，現在春天終於來了⋯⋯這種平凡的接觸讓保羅稍微感到平靜，他懶洋洋地想，不知道老闆娘是不是每晚都會梳頭，如果是，是否也會產生靜電，發出那些劈啪聲，然後又突然靜止，現在保羅感覺好多了……

喝了一杯白蘭地後，保羅已經有勇氣回到公寓裡。還是不想回去嗎？不，他會回去的，很快他就會知道那地方是否真的會像這樣將他趕出來！

他開始懷疑自己為什麼要做這些反常的事：沒帶帽子、坐在酒館裡喝著白蘭地。就算他想告訴白髮老闆娘整件事情的經過——告訴她有訪客被釘子刮傷手，後來更倒楣，一腳踩進爛掉的樓梯裡；而他則是住在一間到處充滿嘎吱嘎吱聲的房子裡，聽到讓他嚇得跳起來的聲音——老闆娘會怎麼看待自己呢？她會覺得自己瘋了。

噓！事情的真相是他還沒開始認真工作打發時間，他每天都在作白日夢，滿腦子都是該如何構思新的《羅蜜莉》（好像之前的那一個不夠理想），現在他最感驚訝的是，惡魔竟然侵入他空白的腦袋！

是的，他要回去。但他要先在外面散散步——最近他一直沒出來散步，然後就要振作精神，從第十六章開始續寫《羅蜜莉》（怪了，他先前竟笨到想將寫好的十五章銷毀！），然後他就會想起對朋友該盡的義務和該做的工作。概括來說，這才是他應該做的。

他將白蘭地一飲而盡，走出酒館。

他就這麼走了一會兒，腦袋一片空白。一開始因為清新的風吹著他，強化了白蘭地的後勁，但之後他的頭腦卻變得越來越清晰，比早上還清晰。

隨著思慮的清晰，他先前頗感自豪的自信心也開始動搖，他更相信即使大多數的事能找出合理的解釋，還是有無法解釋之處。前一個小時的歇斯底里消退了，他現在越來越冷靜，但那種想法還是不能平息。一種深層的恐懼感油然而生，他擔心艾希。

他住的地方似乎有東西對她充滿敵意，威脅她的安全。如果單純以事件本身來看，這兩起意外並不足以讓他產生這樣的念頭，可是連她自己都說：「我在這裡不受歡迎……」而且她也曾說這裡有什麼地方不對勁。

她早在他發現之前就察覺了。這樣也好。至少有一點可以確定，如果事情真是這樣，那麼她一定得遠離使他感到如此狼狽與羞辱的東西。還好她表達了急欲與此地保持距離的想法；現在一定得讓她堅守這樣的想法。他一定得多加注意才行。

現在，他必須回去親眼證實，如果就此嚇得不敢回去，未免太荒謬。他才不會這麼做。既然艾希現在已經平安了，他怎能容忍自己因為一個黑影就被嚇得不敢回去，甚至因為看似危險就裹足不前。既然一定得有個地方住，那就回去那兒住吧！他非得回去不可。

保羅努力克制住一股因恐懼而產生的寒顫，在下定決心後，他突然走了回家。要是他又覺得害怕，就再喝一杯白蘭地吧！

可是，當他走到那條通往廣場的短街時，連喝白蘭地都來不及了。雖然小酒館燈火通明，卻已經打烊，只有一、兩個男人站在路邊聊天。保羅發現自己走過他們身旁時，他們突然靜默；也注意到自己走過長鼻子貝瑞的身旁時，他並沒有回以一聲晚安。他走進破損的大門，站在院子的小徑上遲疑了一會兒，隨即登上樓梯。

喜來登燭台上的蠟燭燒得只剩一英寸左右，但保羅並不打算再點一根。他克服心中的恐懼，強迫自己拿起那根快燒完的蠟燭，在上床前再一次巡視那五個房間。當他從廚房走出，經過那小小的門廳時，他注意到地上有一封信。他將信拿到客廳，還沒打開信封，先瞄了一眼信封外觀。

信封上沒有貼郵票，而且是親手塞進門縫裡的。信上的筆跡十分笨拙，從頭到尾沒有標點符號。保羅讀了第一句，然後看看簽名，之後才讀完整封信的內容。

寫信的是那個叫貝瑞的男人，信中是要通知保羅另外安排每天準備早餐和打掃的工作。在信的末尾附上一段聖經中的經文。拐彎抹角地暗示著艾希‧班古……

保羅臉上出現難得的不耐與怒火。就這樣！就是這樣！很好，他們明天就會知道，這倒是證明艾希應該離這兒遠遠的另一個好理由……

突然間，他壓抑許久的怒氣爆發出來……

那群下流的人！就算是惡魔也不會對保羅和艾希‧班古之間發生的事情有任何意見，但那群愛探人隱私的混帳，不知道會在背後如何說長道短……

保羅氣得將信揉成一團，用燭火燒毀它，還用鞋跟踩碎燃燒後的灰燼。

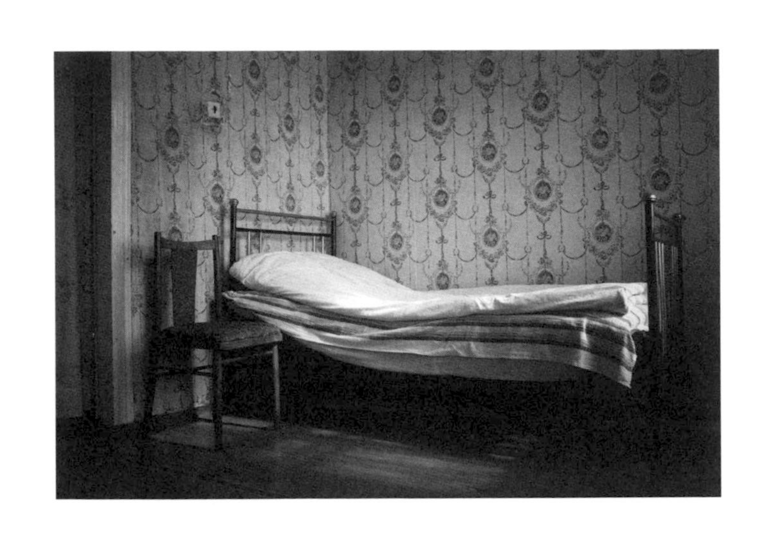

但這封信還是發揮了一定的功效：它挑起保羅的滿腔怒火，成功地讓他忘了那些可怕的事情。可是，又發生了一件令人不解的事：當時他正在寬衣，碰巧看到自己的床，但床單的樣子讓他覺得似乎有人在上面睡過。

保羅不記得自己白天曾躺在床上，他認為應該沒有才對，可是又好像沒那麼肯定。心中替艾希感到義憤填膺、再加上白蘭地的作用，他的腦袋已經無法再容納其他的事情。於是他吹熄蠟燭，躺下，很快就沉沉進入無夢的睡眠，第二天早上，貝瑞太太沒有叫他起床，讓他似乎又睡了整整一天。

8

如果一個人相信心中那個警告自己小心、可能會遭逢不幸和危險的聲音，那麼他必將感到恐懼，若要對抗這份恐懼，除非強化自己的心防，否則就得徹底改變個性。

還好，保羅向來就是懂得自我保護的人。對生活中隨時會發生的一切，在日常生活、平日的觀察、生活模式或交談中，他早就建好一套防禦能力。他甚至認為不只是恐懼，甚至連快樂都應該是絕對事物的目的；而他最不願意做的，就是打破影響全體人類福祉的規定與界線。

對保羅來說，他已經開始打破這樣的界線，他開始慢慢承認這些無法解釋又恐怖的現象。過去，他在漠不關心、毫無所知的情況下，忽視艾希所說的一切，但現在他知道自己是多麼無理傲慢。

兩個月前，如果有人說這可愛迷人的房子是「鬼屋」，一定會將他惹毛；但現在他的意識降低，他會問：「鬧了什麼鬼？」

然後繼續對那種恐怖來個眼不見為淨，除非證實其中的關聯。他將所謂的標準推到一邊，薄霧與迷惑開始包圍他。

保羅感到一股想追根究柢的好奇心，吃了秤砣鐵了心，他想查個究竟。他一定要知道真相，而且無所不用其極。

其實他大可省下那些力氣，因為他早就知道了，從他的寫作中，那些念頭早就自動浮升，化成不容改變的文字，在他提出疑問的同時，其實早已知道答案。

這樣輕鬆、簡單的轉變讓他愉快。就像他從前所獲得的那種快樂，當時寫作是他每日的活力泉源、快樂的源頭。就好像未來已經替他規畫好必須遵守的足跡

當然，首要之務就是將問題定義清楚。他採用數學的方式來定義問題，首先他假設房子不是單單屬於他一人的，假設這棟房子在不知不覺中，占據了他的靈魂，假設以這個地方當作分母，而那位未知的幽靈室友與他有某種程度的關聯，那麼接下來呢？當然就是找出另一個分子是什麼。

那該怎麼做呢？通常這種問題應該不容易解決，但對保羅來說，可是再明白不過，關鍵就在寫了一半的小說──《羅蜜莉》，或者應該說是兩本《羅蜜莉》，包括舊版本和他提出的新版本。

如果是以前，保羅一定會覺得自己肯定是瘋了才會有這種念頭；但現在他卻非常自然地接受這樣令人迷惑的假設。

於是他開始檢視《羅蜜莉》的第一個與第二個版本。

一開始進展就十分快速，很快他就讀完整整十五章的《羅蜜莉》。他現在清楚記得那個早上，那是他首次在這個新家的書房裡坐下來的第一個早上，他發現《羅蜜莉》的內容貧乏。

然後另一件事又讓他更肯定這個怪異調查的正確性。他想到那天晚上，他差一點就忍不住將整本《羅蜜莉》丟進火堆裡，還打算第二天一早，開始寫新版本的《羅蜜莉》。也就是那個早上，貝瑞太太聽到他哼著一小段歌曲，那曲調是他前一晚聽到的水滴聲，她還說那是一首他這輩子聽都沒聽過的歌，就叫做〈召喚我的可人兒〉……

召喚我的可人兒！

接著他又聯想到：舊版的《羅蜜莉》已經完全被拋棄，但新版卻在他腦中纏繞不休，急著想化身於紙上。回顧以往，他不禁想起新版中有一種像是激情，幾近於恨意的情感，他不禁想到那篇被遺棄的舊作（保羅這個幾乎不可能的想法，實在太令人驚訝），觸怒了想取代她的新版。

而這種近乎殺意的恨意，勢必將擴及到小說中可憐的角色原形。

過去他習慣的恐怖如今化成具體的展現，他忍不住大喊：「我的老天！」

此刻，保羅想起羅蜜莉的角色原形，確定了他的疑問；艾希就是這一切難解事物中最致命的關鍵。此外，他無法不想到貝瑞所寫的那封信，以及接下來發生的其他事件，不禁變了神色、皺起眉頭。不知道這麼做是聰明還是愚蠢，他立刻出門找貝瑞理論。

第二天早上，保羅大步跨過廣場，在貝瑞家門口與他爭論。幾分鐘後，他回到家裡，回想自己剛剛的舉動，只是讓情況更加惡化罷了。他自己也無法有效地挑戰或提出較明確的證據，盡是不斷重複一些斷斷續續的話語，如「某些事情，貝瑞太太……我的房子……如果你摸著自己的良心，明白我在說什麼的話……應該是匿名的訴訟……」。

「我又沒去指控什麼……」貝瑞大吼。

「指控！」保羅大聲喊道。

「我對事物自有一套看法，當然你也有自己的一套……」

「我的想法！」保羅氣憤地大叫，但他看到廣場旁有人從窗戶後探頭觀望，他立刻壓低聲音說道：「你看看你自己，老兄，你心理不正常，雖然你可能也對此感到束手無策，但你至少可以管管自己的舌頭，而且你應該這麼做！要是再有人提到這件事的話……」

「沒有人可以在我家對我這樣說話……」貝瑞大聲咆哮著。

「當然可以，我現在就是……」

「你別忘了還有上帝存在，祂會說……」

「你這個低級、四處造謠的混蛋！」

兩人繼續火上加油地對罵了一陣，保羅怒氣沖沖地回到家裡，看著窗外，時而看見貝瑞的臉孔從掀起的百葉窗或窗簾後，向外窺探動靜，似乎想找出什麼證據。

這場不幸的爭端，對保羅的生活造成了某些小變化。他想，貝瑞一定開始忙著四處造謠，廣場的居民全都對他頗不以為然，因此他想，除非現在的他能獲得幫助，否則最好到較遠的商店採買糧食，不要在附近的小店消費，還好他對家事不陌生，因為他又得重拾單身漢的舊習慣了……

現在，他正忙於一份相當複雜的調查工作，所以，沒人打擾他反而更好。

某天中午，當他十分疲累地望著窗外，還一度慶幸自己沒出門時，正巧看見艾希穿越廣場走向他的公寓；天氣惡劣還颳起了風，她逆著風，一邊以手壓住被風吹得漲起的寬大裙擺、頭紗也隨風飄到腦後，豐腴的身軀舉步維艱地走著。

保羅幾乎直覺地一躍而起，一手抓起帽子急忙衝出房門走下樓。他感到一股驚慌，一定要阻止她，不讓她進屋裡來。當他經過通道時，雙眼不自覺地往樓梯上的洞望去，好像被什麼東西吸引住。他不知道通道上的石板，會不會也突然掉落……

他在大門口與艾希相遇，口氣怪異、不自然卻又滔滔不絕。

「真是太不巧了，艾希！剛好有人急著找我，這實在是沒辦法的事，妳一定會以為我是不懂待客的禽獸。」保羅不假思索地脫口而出。

艾希問他是否要進城。

保羅回答：「是啊！要進城。我該去拜訪錢伯斯了。妳認識錢伯斯的，不是嗎？喔，不，我想起來妳應該不認識他才對，他就是上次妳看見和我在一起的那個高大的男人……我昨天就應該去的，而且……」此刻他覺得這個謊真是撒得太高明了。「我今早接到他來信說，他今天下午就要出城到布萊頓[4]。」

保羅拉著艾希的手臂將她帶到廣場，她還提醒他進城的路在另一個方向。

「沒錯，我真是太笨了！」保羅故意大笑道：「我只是太習慣和妳走同一條路，當然，搭公車是另一條。妳要和我一起來嗎？我非常抱歉竟發生這樣的事……」

他們走上通往公車站的街道。

從艾希的臉上看不出她的內心有過掙扎。即使察覺他的行為有些不對勁，但她什麼也沒有表示，而保羅看著她如此平靜，也開始以較認真的語氣說話。他們一起走進公車站，但沒人會想到這個面色蒼白、沒穿外套的男人與身旁這位裙襬飛揚的女子中，竟有人幾乎就要跪下感謝上帝，讓自己得以拯救對方從難以想像的可怕災難中脫困。

他們登上公車，保羅說自己不認為應該帶外套，因為他覺得那天的氣溫簡直熱得受不了，他們在前端的座位坐下。

既然兩人已經見面，他不得不運用聰明才智說一些別的話。他腦裡有一些話想說，但實在難以說出口。他苦惱了好一會兒，突然想到自己剛剛那個有人急著找他進城的謊話，於是想到何不再撒一個謊，解決說不出口的難題。

「我想要離開一陣子，艾希。」保羅說。

艾希只是淡淡地說：「喔？」

「我想換個環境，我需要改變，我想應該明天會出發、也許後天，就明天吧！我想。」

「嗯。」

「我不知道會離開多久，回來的時候會讓妳知道。」

「好，要讓我知道。」艾希語調平緩地回答。

而保羅說話的聲調在她聽來，顯得怪異地平靜。他顯得有些不安。

「妳沒問我要去哪裡？」保羅鼓起勇氣問她。

艾希的視線越過司機直視著前方。

「我知道。」

保羅大吃一驚道：「妳怎麼會知道？」

「你哪裡也不會去。」

保羅一個字也說不出來，大約靜默了一分鐘之久，艾希又接著開口，以一開始的平穩聲調說道：

「你哪裡也不會去，今天早上你也沒出去，你會出來只是因為我出現了，不要當我們是陌生人，保羅。」

保羅的臉漲紅了，同時注意到風吹得艾希的臉上一片緋紅。但他仍舊不知道該說些什麼才好。

「當然，你應該離開，我不知道你是否常照鏡子，但你的模樣確實相當引人注目。今天早上，有些路人都轉過頭來看你，所以你應該離開。不過，你不會離開的，原因我曉得。」

保羅打了一個寒顫，咳了幾聲，接著開口打破沉默。

「既然妳都知道，那我們就不用繼續這個話題。」保羅草率地說著。

「或許對我來說，是不用了，但這是為了你。想聽聽我知道些什麼嗎？」

「不用了。」保羅揚高聲調說道。

「不用嗎？」艾希追問著，一雙圓眼熱切地望著他。

「不。」

保羅再次對她失去耐心，也再度感覺到兩人之間的緊張氣氛。艾希對他的忠誠付出與愛意，讓他像面對瘟疫般，她只是讓兩人同時蒙羞罷了。如果說他的言行曾有讓她如此執著的地方，就已經夠糟了，但現在的情況對一個女人來說，卻是最糟糕的人生。

不管艾希有沒有發覺，但很多像她這樣忙於公事的職業婦女，總會以同僚的關係掩藏真正的情感。她們過著跳脫傳統的生活，像男人一樣自由活動，也被男人接納，然後一切突然改變了，兩人墜入愛河。難怪會成為在商店裡、廣場上或酒館裡的閒話！

就某個層面來說，那些碎嘴的人不是沒有憑據的。獨立卻不夠有效率，失去了某些女性的矜持優雅、卻又表現出飢渴、欲望，有些世故卻不夠聰明，保羅對這一切真是厭煩透了。

現在該是他向艾希坦白的時候了。

「我猜，」保羅顫抖地說道，眼光低垂地望向兩膝之間。「我想真正的麻煩來自那些自食其力的女性，她們應該要過怎樣的人生。」

他無法判斷艾希談論這個話題的心態，因為她只是簡短地回應：「我想也是。」

「這樣一點幫助也沒有，但妳卻犧牲了那麼多。」

艾希同意自己犧牲許多；可是過一陣子之後，她卻問：「比方說什麼？」

「不管妳將來能不能慢慢達到一個新的境界，但妳今天正處於一個錯誤的地方。」

這很有可能，不過，她說平常很少去想這類的問題。

保羅絕望地說道：「然後妳得承受這一切，任何無心的舉動都被誤解，所有不曾料想的事，最後都會怪罪到妳的頭上……」

他遲疑了一會兒，接著又說：「別人會以異樣眼光看妳。」

艾希馬上就了解保羅話中的含意，當她喊出那名字時，她輕輕打了一個寒顫。

「貝瑞？」

保羅的沉默告訴了她一切。

艾希正要開口說話，一輛公車剛好駛達，一些乘客陸續上車。

「你最好還是在這裡下車，回家去吧，保羅！我完全了解，不是貝瑞，你對付得了貝瑞，只是對你來說，將問題怪在他頭上比較容易。我知道是什麼原因，可是你不要我說，也好，不過，在你走之前，我必須告訴你，為什麼今天早上我會來找你。」

保羅木然地詢問，艾希再次望著前方，答道：「我是來這裡逼你的。事情不能再像從前那樣，以前那樣子已經結束了。」

「全結束了。」保羅笨拙地覆述著。

「全結束了，我希望你好好地考慮自己，至於我，完全不用顧慮，我只有一個保留。」

保羅幾乎提不起精神問她那是什麼。

「如果只是因為我需要你，請別這麼想，那不算什麼，我是不會為了這樣的原因到這裡來，不過……」

艾希壓低聲調繼續說：

「如果你需要我，保羅，我會知道你是否需要我，你以後一定會需要我的，那麼我會不顧一切地來到你身邊，你明白嗎？」

保羅無法開口，只能咕噥回應。

「那麼表示你明白了，」艾希下了一個結論。「就這樣吧！你回去吧！我建議你走路回去，你在發抖，再見！」

握手道別時，艾希向他伸出的手是那麼冰涼，然後他下了公車。他站在路肩石上轉身離開，公車發動遠走。這麼多年來，他第一次感到她真的要離開他了，沒有一絲微笑也沒有揮手告別，她離開他了。

9

保羅站在路肩石上，悲傷一湧而出，他一直望著她，直到她消失在自己的視線範圍。可是當她突然消失時，竟有一股沉重壓力也頓時消散的輕鬆感覺。

她放他自由了，長久以來一直有的感覺消失了，現在沒有時間傷感。他毫無牽掛，未來一片清朗。很快他心中就出現一種清爽愉快的感覺，最後為自己重獲自由感到雀躍，在回家的路途中，他已經想出接下來該採取的行動。

此地的教區牧師住在離廣場十分鐘路程的地方。想到此處，保羅轉身往牧師的住處走去。他一定要知道那棟鑲有保險公司商標、掛有歪斜「吉屋出租」招牌的老房子，到底發生過什麼事，而最有可能提供這些資訊的人，當然就是教區牧師。雖然這遲來的開場頗怪異，但，啊哈！保羅咯咯地大笑，他覺得事情很有可能如他所願。

但他得到的消息並沒有預期的多。牧師說這棟屋子很老了，這點用不著他來說，但是很有名（說到這裡保羅立刻豎起耳朵）——因為鬧鬼……不過附近還有其他老房子也有這種謠傳；牧師還說，雖然可悲的現代人普遍缺乏信仰，卻還是對這種鬧鬼傳聞深信不疑。接下來，牧師好像因為不知道聽者聽了之後會作何感想，於是態度轉為保留。保羅會意後不禁大笑。

「你不需要擔心我會不會害怕，這棟房子空多久了？」

「好幾十年了吧！」

「那麼，你認識前一任房客嗎？」保羅問及前一任房客的性別時，特別緊張。

「嗯，是個先生。如果我記得沒錯，他叫梅德利，是一個藝術家。他真像個隱士，很少看到他出門，而且……」牧師遲疑了一會兒，最後才下定決心坦白說：

「既然你已經到這裡問我，我還是老實告訴你比較妥當，免得道聽塗說。

其實，那個男人最後是死在那棟屋子裡的，情況十分詭異。驗屍官證實他死後胃裡一點食物殘渣都沒有，可是他又不是沒錢買東西吃，卻骨瘦如柴、不成人形。大家都說他是自殺，但我想你應該也會同意活活將自己餓死，可以算是一種相當怪異的自殺法！最後驗屍團判定為死因不詳。」

「啊！那麼這個教區有任何史料記載嗎？」

「沒有，只有一些片段的紀錄。我自己也記錄了一些教區歷史，還有一些名冊之類的紀錄，如果你想看，我非常樂意，不過我想你應該也會諒解，這個教區這麼大，我又只有一名助理牧師，其實沒多少休息的時間……」

教區太大、太忙、牧師需要時間休息，於是結束了這段訪談，保羅謝過牧師，識相地離開，慢慢踱步回家。

他走得這麼慢其實是有原因的，他甚至還在快走到門口時，兩度轉身往反方向又閒晃了二十分鐘才回來。眼前他即將面對一個相當棘手的工作，非得努力集中精神才行，要讓自己的心態回到當初看待這棟房子時，那種毫無成見、專心接納的狀態，那個早上，他整頓完一切搬家事宜，坐下來正準備開始進行第一版《羅蜜莉》的第十六章。

因為，他現在衷心期盼，他希望還能找回當初寫作《羅蜜莉》時的感覺。那時的他，心裡完全沒有負擔。在那棟房子的力量找到他、影響他之前，他唯一需要克服的只有那些煩悶、枯燥的篇章，但一切徒勞無功。

就像一個慢慢浸透、流注、幾乎要滿溢出來的東西壓迫著他，但現在他輕鬆了，他擺脫了羅蜜莉，也擺脫了這個角色的參考原形。如今的他卻要面對另一個未知、靦腆、善妒、難懂的「可人兒」……

下午兩點半，保羅終於將鑰匙插進耶魯鎖，進門、關上門……他的計畫立刻獲致驚人的成效。進門時，他幾乎就要興奮地大呼勝利，就好像他成功地躲進屋裡。

他又重新感受到當初寫作時，那種源源不絕的靈感與驚奇，他感覺到一種隨心所欲、重掌大權、愉快而輕鬆的感受，就連屋裡的空氣好像都充滿更多的氧氣；好像他的重力改變、步伐也變得輕盈。花瓶裡的花、比例完美的壁面飾板、草綠色的鑲板、裝飾邊條、擦得晶亮的地板，還有那挑高、畫上淡淡星辰的天花板，都笑著迎接他，保羅也回以真心的微笑，大聲諂媚地說：「喔！你們真是美麗，太美麗了！」

然後躺臥在沙發上。

那個下午，保羅就像期望有訪客來探望自己的病人一樣，他的腦筋一片空白卻滿心歡喜，不時傻笑，好像作著什麼美夢般，抬起沉重睏倦的雙眼看著迷人的環境。他一直躺著，直到黑夜來臨，老屋又發出夜晚常有的聲響……

他等待著某些特別的事情發生，結果卻是白費力氣。

第二天，他還是一樣徒勞無功地等待，雖然態度不比以往輕鬆，他變得較敏感，但還是什麼事都沒發生。不論他多麼殷切等待，對方卻依然害羞而殘酷地不肯出現。

到了第三天，保羅終於明白，眼中出現一抹狡猾的神色，忍不住咯咯大笑。

「喔，呵！如果有什麼風吹草動，我們一定得想辦法解決，那個是什麼？不，我不會派人叫艾希過來，我們不需要找人破壞；不需要那麼麻煩，我的可人兒……」

保羅靜靜站著，歪著頭看，摸著下巴，然後突然穿過大廳，取下帽子走出去。

「我的可人兒真悶騷，不是嗎？好吧，我們來看看不理她，她會怎樣？」保羅邊笑邊走下樓梯。

他走到火車站，坐上火車，將剩下的時間花在鄉間遊走。是的，保羅認為自己是被那可人兒召喚、邀請來的，但她卻以害羞、躲藏來向他報復。

那天直到晚上十一點過後，保羅才回家。

「現在，美麗的召喚者。」保羅走在花園小徑、手裡摸索著鑰匙喃喃說道。

保羅冷靜地走進公寓裡，小心不讓自己向對方屈服。他刻意向對方暗示自己打算立刻上床休息，所以只點了一根蠟燭。他開始睡前巡視，還一邊假裝打呵欠。他第一個巡視的地方是廚房。那天晚上是滿月，與他的燭台恰成對比如孔雀藍一般的菱形月光，投射在地板上。窗戶上沒有窗簾，所以在他走動時，他可以看見投影在窗戶上的燭光和自己模糊的臉。

彈藥櫃的門半敞著，於是他將門關好，然後才坐在那張用來包裹豎琴的粗呢絨布上脫下靴子。巡視完廚房後，他走到浴室裡，冰藍色的月光穿透窗櫺灑在牆面的水管上。

接著保羅來到那間很少使用的書房，站了一會兒，看著廣場上那些閃著銀光的屋頂。最後才走進客廳，穿了襪子的腳無聲走過，進入臥房，將蠟燭放在五斗櫃上。這段時間裡，他的臉上除了疲倦，沒有其他表情。他從來沒有比此刻更富心機、更有警覺性。

房間裡那座小壁爐剛好就在五斗櫃對面，櫃上放了一面鏡子，而他的床和窗子則各在房間的另外兩側。保羅放下百葉窗、脫下外套，彎腰拿出塞在床鋪下的拖鞋。

雖然保羅對這樣的推論完全沒把握，但他卻十分肯定，前兩天都沒有現身的東西，一定很快會現形。

他完全無法想像那會以什麼樣的形體出現，所以也無從害怕。他已經準備好接受可能發生的事情，不管令人驚訝或害怕，能做的就是這樣了，他的感官能力已經變弱，他的手一直在床底下東摸西摸，摸著自己的拖鞋……

儘管如此小心、事先計畫、也做好心理準備，他的心卻猛然跳了一下，幾乎停止跳動，十分駭人。當時他的手已經摸到拖鞋了，要不是正好跪著，他極可能會被嚇得摔跤。床很低，為了方便手在床下摸索，他必須將頭轉向一側，驚嚇過後好一會兒他仍小心保持這樣的姿勢，直到心情稍微平復。

保羅起身後發現下唇流血，是被自己咬破的，他的錶也從背心口袋中掉出，在短皮蓋外擺盪著⋯⋯最後，他終於在錶停止擺動前，恢復神智。

他在壁爐架的中間放了一張照片，是祖母的遺照，他走到照片前，透過相框上的玻璃，可以看見身後五斗櫃上的燭火平穩地燃燒著；同時，還可以看見某物體從鏡子和蠟燭周遭反射出的淡淡光影。

他看到的不只這些，不論是顫動的燭火、物體的影像，或是被物體反射的光線位置都不會改變，可是，其中卻有一道會移動的光線。那道光線比其他光線黯淡，在空中上下移動，那光線來自保羅那一支梳子反射出的燭火，每次當光線往下移動時，就會出現一種窸窸窣窣的絲滑聲響。

保羅一直盯著祖母照片上的玻璃，同時不忘自己的計畫。他伸出手摸索掉出口袋外的錶，一邊開始慢慢地上發條。然後，將視線轉移，開始掏長褲口袋裡的東西，將便士、半便士等零錢一個個排好放在壁爐架上，唰唰的金屬摩擦聲充塞整個房間，保羅移動自己的位置，清楚看見那上下移動的梳子的微光，幾乎就像沿著祖母的頭部輪廓移動。

如果有其他看不見的頭存在，一定也是順著這個輪廓吧！

保羅終於將口袋清空，他故意打著呵欠，但終究壓抑不住內心的好奇，所以猛然轉身。他還是沒看見梳子在梳誰的頭，可是梳子仍在移動。他發現梳子的角度略有改變，稍微往左移。梳子在動，在距離地面五英尺以上、往五斗櫃以下幾英寸的地方，規律梳著，角度幾近垂直。

保羅還是裝出一副欣賞的模樣，他走到房間角落的洗臉台，倒水、開始洗手。他脫下背心，繼續上床前的準備動作。梳子繼續移動，他站了一會兒，思考著，眼睛再度發出光亮。接著說了一句很高明的話……

「嗯！我看我先讀十五分鐘的書好了。」保羅大聲說著，然後走出房間。

保羅離開房間幾分鐘，再度回到房間時一切突然安靜下來。他看了五斗櫃一眼，那把梳子好端端地擺在上面，放在他的領結和手套中間，保羅毫不考慮就拿起梳子。

那是一把很普通、價值十八便士、從某家藥局買來的梳子，材質是以特定的比重製成，完全符合法規，十分普通沒有特別之處。他又將梳子放下，看著手上拿的一堆文件。他剛剛離開的十五分鐘，就是去拿已經寫了十五章的《羅蜜莉》原稿。

「嗯！」保羅邊將手稿丟在椅子上，低聲自語：「我覺得……她只是盲目、憤怒、可怕的嫉妒罷了。」

那晚過後的好幾天，多到保羅都算不清了，他求愛、左哄右騙、故意忽視、威脅、哀求、因欲望得不到滿足而深感頹喪，完全忽略自己的生活已經被欲望和激情侵蝕，只是不斷盲目地尋找那位不知名的神祕室友。

10

時間一天天過去，除了送信的郵差外，再也沒有人探訪保羅了；向來不寫信的人相對也不會收到太多信，郵差送信的次數也日益減少，一星期只有寥寥一、兩次。

出版商寫了一封信來，詢問保羅何時能交出新作手稿。保羅打算過幾天回信，但最後就忘了這回事，出版商後來又寄來一封信，保羅照樣沒回，之後就再也沒有任何來信了。

天氣漸漸變得晴朗暖和。沿著如劈刀般的招牌生長的水蠟樹[5]也開了花，在保羅購物的街上，賣花女的花籃排滿整條街。保羅每天都會上街買花，他的房間到處都是花，新鮮甜美，每日更換，毫無節制地買。

但外出買花卻讓他越來越疲累，漸漸地每次回到家，他都覺得像一種極大的解脫，感受一次比一次深。他再度感受到自己的感覺出現了些微的變化，而且無法恢復到以往的狀態，取而代之的是一股擴張得越來越大的恐懼。恐懼以全新的型態呈現，這種感覺名叫「廣場恐懼症」，他害怕空氣、空間、擔心沒有防衛的背部，會不會突然遭受攻擊。

不久，他想到可以請人每天將花和食物送到家門口。想到這個妙點子，他開心地摩拳擦掌。這樣更好！不論他出不出門都沒關係了。

很快他就肯定這麼做是對的，將自己關在家裡，成了他最大的樂趣。

可是他並不快樂，就算有，也是以極為特殊的形式展現，他變得焦躁、不滿，有時會因為想到自己的虛弱和不幸而哭泣；但他還是意識到藉由外在喧鬧的世界能夠改變自己的悲傷。

說到喧鬧，沒錯，有許多噪音，那些噪音讓他相當不舒服，那種噪音比起讓他越來越少出門的空間恐懼感，更令他無法承受；當他偶爾外出時，他會貼著牆壁走，用手感覺友善的圍欄。他穿著拖鞋悄悄在各個房間穿梭，就連關門都得花上好幾分鐘，動作輕得不能再輕，唯恐發出聲音打破這裡的寧靜。

對他來說，星期天成了最無法忍受的一天，因為天氣好轉，每個星期天早晨，他的窗戶下會聚集一群貝瑞也有參加的某宗教學派成員。他們每次出現都會帶著鼓和巨大的銅管樂器；男男女女扯著嗓子聲嘶力竭地講話，奮力祈求上帝，尤其是貝瑞，他抬起頭、閉上眼、皺著眉，祈禱的聲音幾乎可以穿透所有不信他們教派的人的耳裡，好比說是保羅。

一天，在他們吟詠讚美詩時，保羅衝了過去，拉下百葉窗，此時他聽到自己的名字從一陣新生的洶湧聲浪中傳了出來。

有時候，保羅會一個人站著，叫喚某人，但並不期待有人回應。有一、兩次他喚著：「羅蜜莉！」然後等待，但大多時候，他並未叫喚特定的人名。

現在的他，越來越常待在家中的某個角落，那個角落就是臥房的開門處。那天他將家裡所有的房門打開（除了大門之外，他只有在極不甘願的情況下，才會開啟），發現只要站在那個角落，不需要變換位置，他就可以將五個房間看得一清二楚。他可以看見客廳、臥房，除了被開啟的房門擋住的部分之外；還可以看見廚房、浴室，以及他很少用到的書房。他常待在那裡，屏住氣息、將手指放在嘴唇上。

有一天，保羅又站在那兒時，突然想起教區牧師提到的前任房客——梅德利，不知道他有沒有發現這個房間入口的重要性。

對現在的保羅來說，光線反而比黑夜更令他不安。當白天陽光直接照射這棟屋子時，隨著光線的移動，每個房間都有輪流被照射到的時間，陽光簡直就像火焰般燒著他的腦袋，就連陰天黯淡的光線都會讓他有一種痲木的痛楚。

他開始隨著時間更迭，一間又一間地降下深紅色的百葉窗。即便是做這種事，他也要將房門打開，以備不時之需。不久，放百葉窗已經成了他每日例行的運動，而房間在小心放下百葉窗後，呈現一種宛若暗房般的紅色，充斥著黯淡的光線。

某天，當他放下小書房裡的百葉窗，小心走出房間時，他不禁噗哧一笑對自己說道：

「這樣就可以躲開貝瑞了！」

想到那個貝瑞又讓他笑了好一陣子。

不久後的某一天，另一件恐怖的事，同樣讓保羅發抖了好一陣子。那天他一邊拿起垂落在椅子上的百葉窗繩索（椅子上還放著豎琴袋），一邊充分保護著背部，打算降下百葉窗時，突然看見一件黑白格紋的裙角飄過屋外的一角。

他不確定那是什麼，於是迅速衝到另一面牆的窗戶旁，那扇窗的百葉窗已經放下，裙子雖然不見蹤影，但他幾乎能確定那是艾希。他生氣又懷疑地傾聽她踩在樓梯上的聲響。

可是並沒有腳步聲響起，三、四分鐘後，他終於吁了長長一口氣。

「老天，差點將我嚇死！」保羅喃喃自語道。

之後，保羅不時喃喃自語：

「可怕的妥協，沒有女人能忍受的……沒有任何的女人能忍受，哦……最極致的妥協！」

可是他還是不快樂。他不知道不時傳出的低泣聲究竟是什麼？哭聲起起落落，就像掠過廣場上的雲朵篩下的不規則光影，也許他不快樂，並不代表就一定會難過。要讓他難過，一定是失去了某些東西，可是他並沒有失去什麼。現在的他就是在等待那個時刻，在滿是花朵、迷人得可怕的公寓裡等待，公寓裡的白牆被紅色百葉窗透出的光線染成血一般的陰沉色調。

保羅完全沒發現存款已經快見底了，也沒因此停止等待，開始工作，他沒有開始工作，那些以為保羅在工作的人，根本什麼都不知道！不知道保羅正打算進行一項重要的工作。

其實他現在才要開始工作，他正在準備一份工作——一個偉大的作品——故事中的女主角還在孕育階段，只要他度過這段辛苦的孕育、等待期，大家就會看到，在保羅完全了解這個美人之前，世人怎麼可能了解，她是如此迷人、光彩四射的角色，才不會如那些凡夫俗子所寫的那樣平凡。

那些凡夫俗子會流下悔恨的淚水，就像保羅一樣；他們心中勢必充滿自以為是的希望，就像以前的保羅一樣；他們一定會像保羅那樣追求美麗、善變、調皮、狡猾、熱切的靈魂，這樣的追求是永不間斷的……就讓保羅以更多的時間尋求那位迷人的女獵手吧！他還沒讓她發光發熱、在他懷中嬌喘呢……喔，不！那些以為保羅開始工作的人什麼都不知道。

如果說保羅失去了一切，這也是他心甘情願的。因為如果是我們被美麗的可人兒召喚，也會同樣心甘情願。我們會從一開始就答應讓這位美麗的小姐按照自己的步調進行，故意一整天不理她、讓她被嫉妒侵蝕；故意對她回家後所說的甜言蜜語視而不見、嘲笑玩弄；或許在我們心中一直潛藏一個無心、永不會被玩弄的小鬼；但到最後，所有的武裝都會消失。她會開始召喚、再召喚、然後一切都不見了……

保羅還是守在戰略地位重要的臥室門口，不斷觀望、等待、微笑著，將手指放在唇上……代表他對美麗召喚者的順從、崇敬、忠實的許諾、所有他認為愛的表現。有時，他會發現自己竟開始憎恨起那位梅德利，甚至希望他從沒出現在這個人世間，他覺得這也是愛的一種表現。

當他開始為婚禮準備的同時，卻因為新娘一直沒有回應而越來越感到焦躁不安，但他卻發現了一件好像幾個星期前早該發現的事。

因為想到梅德利才發現的，從那天晚上起，他就在嫉妒中想到如果刻意忽略她，或許反而會讓她屈服、利用她的妒意來放逐她，他就再也沒看過《羅蜜莉》了，他將手稿丟回窗台座位下，忘了它們的存在。

但他對梅德利的妒意讓他想到了艾希，想到美麗的召喚者也有一個有血有肉的情敵，他終於想起來了，他真傻！眼前明明還有另一個表示他不夠忠誠的證據存在，他竟然以為她會現身？她對他強烈而專心一致的情感，熱烈到她毫不猶豫地想毀了對方，她不只一次意圖摧毀情敵，他怎會那麼傻！

如果這樣的保證和犧牲就是她要的，那麼他應該成全她……啊！是的，而且動作要快！

他從靠窗的座位拿出《羅蜜莉》，帶著那份手稿走到火爐邊。

他讓火一直燃燒，也因此將堆滿他房間的花朵殘香引出來。他不知道當時的時間，因為自從放任時鐘壞掉後，已經過了太久，對發生在保羅身上的大事來說，時間顯得多餘可笑，不過，他隱約知道時候不早了。接下來，他拿起《羅蜜莉》的手稿屈膝跪在火爐前。

不過，還未拆開裝訂好的書頁，他忽然一驚，轉過頭聚精會神地聽著。他聽見一個極微弱的聲音……音量就像輕扣時的聲音一般，重複出現了兩、三聲，但足以令他提高警覺。當那聲音又出現時，他的臉色隨即沉了下來。

保羅聽到門外出現的聲音。

「保羅……保羅……」

是艾希的聲音。

「保羅！我知道你在裡面，我想見你……」

保羅暗罵了一聲，仍然保持不動，他沒打算要讓艾希進來。

「保羅！你有麻煩了，我相信你碰上危險了，好歹到門邊來吧！」

保羅暗笑一聲，他覺得很有趣，她明明身陷險境，卻還來告訴他說他的處境有多危險！好吧，如果她真有危險，就讓危險發生吧！反正她都已經知道了，或者她以為自己已經知道一切……

「保羅……保羅……」

「保羅……保羅……」保羅小聲地模仿艾希的語氣說道。

「喔，保羅，這真是太恐怖了！」

恐怖嗎？保羅想了想，那麼就讓她離開吧……

「我只是想幫你，保羅！我從沒說過當你需要幫助時，不來幫你……」

低聲的呼喊變成可憐的啜泣，但保羅絲毫不為所動。艾希真是著魔了！他應該對她咆哮，要她快點離開不要再回來了？不！就讓她繼續哭喊、敲門、啜泣吧！她真是會哭，她該不會認為啜泣聲可以打動他吧！哭泣聲激怒了他，他氣得咬牙切齒，朝艾希的方向揮舞拳頭，不過也只有如此而已，讓她繼續啜泣吧！

「保羅……保羅……」

保羅咬著牙，撕下《羅蜜莉》的第一頁丟進火裡，然後一頁接著一頁，將所有的稿子通通燒掉。

門後的呼喊持續了幾分鐘，忽然停止。接著他聽到一陣慢慢走下樓梯的腳步聲、東西掉落聲、哭泣聲，以及東西摩擦樓梯扶手的聲響，但沒真的見到有東西攻擊，她得救了，顯然她的情敵打得她痛苦不堪地在地上爬開了。保羅聽到窗戶下傳來艾希遠走的腳步聲，她走了。

保羅將最後一頁丟進火裡，然後微笑，並且深情地環視房間四周。

「幸好這樣就離開了。如果我多說一句話或多看她一眼，她可能就不走了。女人真可怕！不行，我不該那麼說，還是有人懂得克制……」

誰懂得克制？什麼又是克制？保羅知道，其實不過是輕蔑罷了，但那已無關緊要了。要緊的是她毫髮無傷地離開了，沒錯，算她幸運，但願她能明瞭這點……

現在，現在該是他獲得報償的時候了！

保羅穿過房間，所有的門都敞開著，當他置身於臥房時，眼睛突然一亮。

他可真笨，竟沒想到要儘早毀掉手稿……

滿屋子都是影子，他要如何分辨哪一個是她？在滿是噪音的房裡，他要怎麼辨認哪個呼喚聲來自身旁？相信他吧，他會知道的！這房間有各式各樣的微光，身旁的百葉窗

讓屋外街燈的光線隱約穿透進來；黝暗的藍綠色月光則從廚房門灑了進來；還有埋藏在手稿餘燼下的黯淡火光；插在瓶瓶罐罐裡的鬱金香、雛菊和水仙反射出的淡淡光芒，這些光線並不會讓他錯亂到認不出自己的新娘！

原來是他，不是艾希，是他耽誤了自己的影子新娘；他羞愧地默認；然後再次看著那會騙人眼睛的幽暗光線。如果他知道她的名字，一定會喚她，可是他甚至不願意和別人分享她的名字……

他站在門框下，臉色蒼白得如同那朵黑暗中的水仙……

一個輕如羊毛的影子，慢慢在廚房成形（保羅會說那時碰巧有一朵白雲遮住了月亮）。從身旁的百葉窗透出的光線更加黯淡了（保羅會認為這是點燈員巡街時，將街燈的火焰調得更微弱了）。

爐火熄滅了，只剩被燒成灰燼的紙張；一朵花從花瓶裡落下，跌落在陰暗的地板上，一切都靜止了，然後，一陣風穿過老屋，穿過保羅的眼前……

突然，保羅歪了一下頭，從門柱邊稍微後退。那陣風將門稍稍推動、打開。保羅劇烈地發抖，呆立了一會兒，將手伸向門把，輕輕將門打開，在最近的一張椅子上坐下，等待著，就像在一場沉重而嚴肅的聽證會上一般，等著有人叫喚他的名字……

11

我們不知道對喪失生氣的靈魂，是否會有人道同情？當生命力的高峰降低，精神頹喪壓抑，過去甜美、平常的生活只剩下恐怖的感覺，人際關係完全消失。正常人都會嚇得退避三舍，怕自己也會受到影響。我們不是神，我們無法驅走魔鬼。我們只能自私地希望魔鬼不要來找自己。

即使心中有愛，我們也認為自己的本質並非那麼良善，但我們都必須如此。我們不該空談榮耀與責任，沒有人會注意送到門口的信件，即使注意到，也不過是短短的一瞬間，然後再度遺忘。沒有人寄電報來、那個以手指將垂下的百葉窗往旁邊推開一點，然後又害怕地推回原處，趕緊遠離、吹著口哨的信差（信差不只會吹口哨而已）也不會注意到。

沒有人，就讓那個可悲的男人與自己的影子搏鬥；如果他真的已經這麼不正常，就讓他緊緊擁抱、抓住自己幻想的妖魔；不過得讓他待在房裡，一個沒有希望的地方，沒有一絲陽光透進的可怕暗室。迷途者必須保持迷途，人性的慈悲要用在別的地方。

某個六月的日子裡，保羅靜悄悄地走進廚房，丟掉塞滿客廳的那一大堆散發惡臭的腐敗花朵，他看見兩封手寫的信就躺在門內的地板上，但這兩封信對他來說，已經沒有任何意義，不過是某個遙遠模糊的夢境。

當送電報的男孩敲著就在床邊幾英尺遠的門時，他氣得咬緊牙齒、摀住耳朵。他能想像送貨的男孩就站在那裡，站在房間的隔板外，站在滿地的食物與一堆腐敗的花朵間，因為大門外的樓梯堆滿那些東西。保羅不敢打開門，將那些東西拿進來。一個星期後，送貨男孩回報店家訂貨單一定出了問題，所以就再也沒有留下任何貨物。而屋內的花朵，在紅色的微光下，就地乾燥枯萎，轉成棕色。

慢慢地，保羅連力氣也沒有了，但那種厭惡、憎恨的力量卻更為強大，越來越虛弱的他，有時會躺在床上瞪著被染紅的天花板好幾個小時，想著一些不請自來的奇思妄想，就連讓他記憶最深刻的事都變得模糊不清了。

有時候他會記起一些模糊的記憶，想到自己有一本小說要寫，一本非常重要的小說，這樣的念頭折磨他，然後又消失；有時候他會想到一些完美、出色、已經寫好的小說，神奇出現在眼前；有時候他會回想一些遙遠、無足輕重的小事，像是住過的閣樓、宿舍等。那些保羅曾經很熟悉的地方，對他來說都已經過去。他終於找到一間不想離開的房子，除非有人將他架走。

對某些人來說，這個地方可能有些病態；甚至有些人認為這裡會讓人想到那個死了很久的男人，還有一些可怕的往事，不適合活人居住。可是，這裡卻叫人如此難以抗拒，它就像有自主權，有自己的意志，一旦住在裡面的人放棄掙扎，接受它那無法改變的意志時，就會發現這房子無比的魅力！

小說？真應該有人寫一本關於這間房子的小說！如果人們能徹底了解這間房子的話，一定有很多可寫之處。可能，梅德利還住在這裡時，就已經畫過這房子的模樣了。

可是保羅不認識梅德利——而且甚至強烈地覺得自己不可能喜歡梅德利，寧願梅德利住在別的地方，他無法忍受那個叫做梅德利的男子，他恨他！（啊哈！那是個笑話！）

他真的懷疑那男人當初是否值得過那麼好的生活，保羅有時候會猶豫不決，不知道該不該告訴長鼻子衛道者有關自己的一切，不過，或許他早就知道了，甚至吱吱喳喳地散播一切。那是貝瑞的興趣。保羅也曾為了某件事與他大吵一架，對了，為了女人的事，那個女人叫艾希．班古，他想起來了……

想到艾希．班古，保羅突然覺得很不自在；或許最讓他不自在的是她做的那些事。其中最令保羅困擾的是，艾希老是出現在他的腦海中，但他總在她出現時立刻將她攆走，因為她是個討人厭的女人——一直都是——她的出現讓他不能好好享受這個特別的經驗，她的行為真是太不得體了，她應該知道別人不是每次想到她都會覺得愉快；至少基於禮貌，她應該讓別人有喘息的機會，不要因為不知道就粗魯忽略，她看起來就是一副無知的模樣，她不知道男人的血脈中，有時會出現一種怒火、一種大膽的力量，此時的他有權力以當時對待貝瑞的方式對待其他人，將他們全趕出去。

可是，當艾希一出現，當他想到她，一切都瓦解了。在明亮如高塔般的建築旁，那些完美、神奇、他一直夢想的曠世鉅作都顯得黯淡灰濁，在她闖入時消失不見。就像一團濃霧突然遮蓋明亮的星辰，就好像為保羅準備好的黃金門檻突然裂開，如蝙蝠般的黑影突然出現，讓即將出現的黎明再度陷入黑暗，因此，保羅努力要讓她從腦海中消失，連開始都不行。

然而，艾希卻怎麼也不想被壓抑，保羅不知道究竟是從什麼時候開始，他只能透過從百葉窗照進來的幽微街燈，知道那是晚上，他又看見好一陣子沒有出現的艾希・班古。

保羅沒有警覺到艾希會出現，但她還是出現了，就在那裡。不管他再怎麼努力，也無法將她的身影、她的臉揮去，她如鬼魅般占據他的心思。

她竟然就在不應該出現的時候來到這裡！真的，真的太令人難以置信了！保羅無法想像她怎麼忍受得了！就像要親眼目睹情敵的勝利一般。老天！太可怕了！他從來就不認為艾希像是一個世故練達、沉穩安靜的人，但他從沒想到她竟是……喔，真不知該怎麼說！太可怕、太詭異了！難道她從那時候就有這樣的打算嗎？老天！竟想親眼目睹……

保羅對艾希感到一股憤怒。

「她真可惡！」保羅惱怒不已。

接下來一陣冷顫迅速取代憤怒與憎惡，驚慌失措的他努力回想自己剛剛做了什麼，儘管不確定自己到底做了什麼，但他相信一定造成了某些致命、無法挽回的大錯。保羅

感到憤怒，但那股憤怒之火充斥他朦朧的意識，伴隨一道如地獄般的白色光亮。

那閃爍的火光不該是他招來的，地獄之門不是為他而開，不是他，不是他！他的手只是幼童之手，根本無力一擊，但那雙可怕、狠下毒手的手，又是誰的？難道是他啟動的？他是不是啟動了累積在屋中可怕而無情的能量？他不知道，他只知道勇氣被吹熄了，那個東西，不！不可能！他唇上那一記黏膩的吻（不然該怎麼形容），變成一種咬牙切齒的憤恨，他一定要大聲告訴艾希，要她保護自己……保護自己……

「小心呀！」保羅大聲驚叫。

一切都來得太突然了，就像被一陣緩慢的巨浪撲打，保羅發現自己躺在床上，長久以來纏繞他的恐懼感和迷霧終於消失，他又成了保羅，但他病了、赤裸、無助、孤立無援。雖然他的身體還很虛弱，但終於可以聽他使喚，他知道一定作了一場惡夢，才會如此汗流浹背、顫抖不已。

是的，他找回了自己——保羅，一個疲態盡顯的過氣小說家，他已經錯過交出最棒佳作的時機，再度兩手空空走向人生的下坡，他無法再追求人生的目標了，他已經嘗試了太多次、太高估自己的能力，一切終歸失敗，徹底失敗……

不用多想，只有一個名詞足以形容，那就是，他是徹頭徹尾的輸家！他已經錯過了……

他錯過的事可不只一件，而是兩件。他錯過人們最喜歡的悠閒自在的生活、也錯過人們願意犧牲享樂所該得到的成果，好高騖遠的追求、堅持勝利不過證明他是個瘋狂的冒險家，阻礙自己的發展。他已經沒有機會了，命運沒有所謂的明天。保羅的明天勢必得浪費在一篇無用、亂七八糟、沒有人要的作品，明日復明日，就這麼一直下去，永遠永遠一直這樣下去……

保羅躺在那兒，身體虛弱但心思清明思量著……

既然所有努力都失敗了，再怎麼想也好像沒什麼意思了。這寫了一半的小說，再也不會為他帶來任何好處。他曾經希望它能在秋天出版，因為有約在身，它非得出版不可；但現在，他寧願賠一筆違約金給出版商，因為這樣總比浪費接下來的日子要好！他已經精疲力竭、來日無多，剩餘的旅程中只剩下通往智慧的道路與感傷……

要是他當初選擇的是有妻兒與忠誠的友人，在火爐邊談天的生活，那就好了，就這樣讓幻想繼續……

同時，他開始對所有的事情感到困惑，他為什麼會變得這麼虛弱？這房間為什麼會飄散著腐敗蔬菜的惡臭？黑暗中，當他的手顫抖地舉向臉龐時，竟會碰觸到一撮鬍鬚！

「真是太奇怪了！」保羅自言自語道：「我生病了嗎？還是現在病了？如果我真的病了，為什麼他們棄我於不顧？真是奇怪！」

保羅覺得像是聽到廚房或浴室傳來一陣聲響，他從枕頭上稍微抬起頭，聆聽著……喔！原來他不是一個人！如果將病人孤單撇下，那才真的很奇怪！喔，不，有人會來照顧他！他們不會丟下生病的他，讓他自生自滅。就算所有的人都遺棄了他，也還有艾希・班古，她是他最好的朋友，為了這點，願上帝祝福她的忠誠！

但忽然一個像被悶住的短促驚聲傳來：「保羅！」

聲音是從廚房那邊傳來。

同時保羅也突然憶起，不記得是兩分鐘、四分鐘或五分鐘前，也聽到那微弱的聲音，當時他未加留意，但此刻卻十分認真傾聽，努力想恢復神智。這聲音聽來像是金屬撞擊的輕敲聲，就像鑰匙放進鎖中發出的聲音。

「是誰呀？」保羅從床上高聲叫喊。

但沒有人回應。

保羅又喊了一聲：「是誰在那裡？是誰？」

這回他確信真的聽到了聲響，輕緩沉重，從廚房裡傳來。

「這事實在太奇怪。」保羅嘀咕著：「老天啊，我怎麼像小貓般虛弱。哈囉，剛剛有人在說話，不是嗎？艾希！是妳嗎？」

保羅開始以手敲打床邊的牆。

「艾希！艾希！是妳在叫吧？不管妳是誰，請過來這裡……」

此時，傳來一聲像門被關上的聲音，接著又安靜了下來，保羅開始感到驚恐。

「可能是護士吧！當然，艾希一定會幫我請護士，這個勇敢的小女孩呀！只要她能騰出空來，她會一直坐在身邊照料我，其他的時間就交給護士，可是那聲音實在像極了艾希的聲音！這不可能是我的幻覺，我得去瞧瞧，到底是怎麼一回事才行……」

保羅將一條腿伸出床外，覺得相當疲軟無力，接著伸出手來扶著牆，支撐自己的身體……

當他正伸出另一條腿時，他停下動作想了想，一隻手摸了下巴剛長出的鬍子。忽然他不確定是否有足夠的勇氣到廚房去，那條路很長，誰曉得路上會不會遇上什麼可怕的事，一旦有了躲回床上的念頭，他便覺得應該要順著預感好好遵守。

再說，他到底為何非得過去不可？那裡有什麼非要他過去的原因呢？就算艾希在那裡，也只好讓她自己照顧自己吧！保羅才不想為了那個專門破壞別人好事的艾希，而被某物毫無防備地攻擊背後！如果艾希進來了，就讓她自己想辦法出去，越快離開越好！保羅完全不想被打擾，他還有工作要做。

明天，絕對要寫一篇小說，描寫一位集迷人、善變、值得尊崇、善妒、頑皮、美麗、熱情與邪惡於一身的女子，男人只能呆立讚嘆。而她現在正向他走來，他之所以知道她正在靠近他，是因為房裡的空氣變得不一樣了，那股輕柔卻令人興奮的風在身邊擾動，因為她正在召喚他，不停召喚著他……

保羅將手從牆上放開，躺回床上，喔！真不可思議！另外半個被咬牙打斷的吻又落在他的嘴唇上，奪走他每個呼吸……

12

明亮的六月陽光下，一群人聚集在廣場上，望著這棟年代久遠、紅磚砌成、上面有老保險公司標記的老屋窗口，房子周圍的低矮欄杆上還掛有一些如同劈刀般寫著「吉屋出租」的招牌。

兩名警官站在窄小通道的破門邊，阻止民眾向前圍觀。婦人們擠在人群中，不時移動位置，想從不同角度觀看老屋裡被拉起的紅色百葉窗後，大夥竊竊私語，孩童們則待在家中，躲在關上的門後窺探。

一個長鼻子男人身邊圍了一小群人，不停反覆述說某個故事，而另一個寬眼的矮胖男人則想以當中提到的某把鑰匙，試圖轉移那群人的注意力。

長鼻子男人說道：

「……我覺得那個下午一定發生了什麼事，那天，我就站在桑德斯警官現在的位置，他們走了出來，那時我正在工作，碰巧看見他們兩人走出來，我沒騙人，真的，我看到她的臉了……」

「她的臉看起來怎麼樣呢，貝瑞先生？」一個男人問道。

「她的臉看起來就像聖經裡，上帝所說的：『女人呀，有男人說妳有罪嗎？』……蒼白得像紙一樣，不會錯的！我直接走到太太身邊說：『珍啊！不能再這樣下去，一定要立刻停止才行，我們的使命就是遠離罪惡。』我要她將工作辭掉，讓他到別處找人幫忙！然後太太對我說：『約翰，一星期可以賺四塊六便士！』然後我又說：『珍，就算一星期可以賺四萬六千英鎊也不能去。』從那天起，我太太就再也沒踏進他家大門一步了。」

接著是一陣短暫的靜默，然後有一個人吞吞吐吐地詢問：「貝瑞太太曾經……看過任何……東西嗎？」

貝瑞嚴肅地轉身面對那個人。

「不管我太太看到什麼或沒看到什麼，她都不會說的，當然也不會寫下來，她絕不會道人長短。」貝瑞嚴肅地說道。

另一個人說話了。

「他那天晚上在驛馬站酒吧，好像喝得滿醉的，對不對？吉姆？」

「對呀，快醉得不省人事了……」

「他的酒量不怎麼樣，那天晚上他一個人在酒吧裡……」

「是呀！我們曾經談到他……」

那眼神驚恐的胖男人又試著說起另一件事。

「她從我這裡拿走了鑰匙，因為她知道房間號碼，她是某個週二下午到我店裡來的……」

沒有人注意聽他的話。

「少囉唆！」一個工人粗暴地說道：「他們還沒找到她！巡官出來了，真相應該很快就會大白。」

兩名巡官走過來與守門的警官交談。那胖男人熱心地跑向前，說她曾向他買鑰匙。

「我記得鑰匙的號碼唷！因為號碼剛好有三個『1』還有三個『3』，也就是111333啦！」胖男人興奮地大叫。

一位巡官推開他。

「都沒有人到過裡面嗎？」其中一位警官問。

「沒有，警官。」

「那麼布雷克利，你與我們一塊進去；至於史密斯，你在門口守著，門口留一小隊留守。」

兩位巡官和警官穿過通道後進入這間房子，他們走上有著雕刻紋飾的寬敞樓梯間。

「看來他最近很少出去。」其中一名巡官踢開保羅門口的枯葉與紙屑邊說：

「我認為我們不需要敲門，直接破門而入吧！布雷克利。」

門板上鑲有兩扇玻璃，被擊碎的玻璃發出令人心驚的破裂聲，布雷克利將手伸入剛剛以手肘敲碎的洞裡，拉開了門栓。

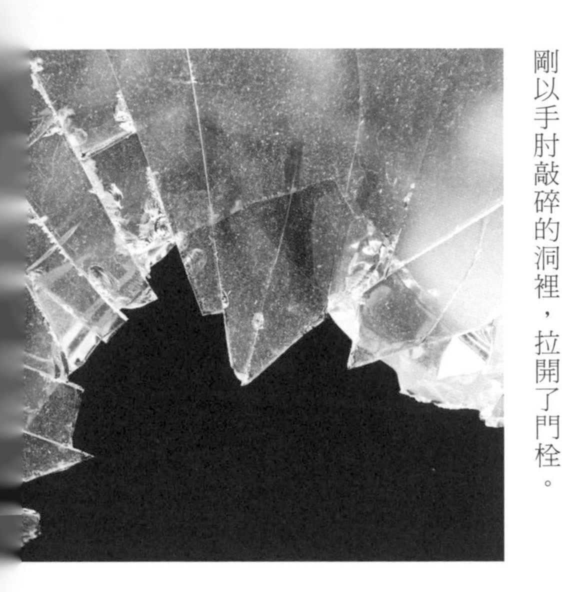

「嘔！」當他們進門時，一位巡官邊咳邊說：

「快引些光線和新鮮空氣進來吧！快點！這可怕的味道，簡直就像從靈車上發出來的……」

廣場上的人群看到紅色百葉窗升起，老房子的窗戶也被打開來。

「這樣好多了！」其中一位巡官說，並將頭伸出窗外深深吸了一口氣。

「西姆，那裡看來就像臥室，麻煩你去查看，我去其他地方看看……」

當他們走進臥房，將房裡的百葉窗拉起，看見床上坐了一個臉色蠟白的消瘦男人，抬起手來擋著刺眼的光線。保羅不敢相信眼前所見所聽的景象，因為他房裡不但跑來兩名警察，他們還將他扶坐起來，質問他。「艾希」到底在哪裡？他只是搖搖頭。

「這個姓班古的女人，她叫做艾希・班古，你聽過吧？她在哪裡？這樣不行，布雷克利！將他撐起來，小心一點，我得再將頭伸出窗外呼吸一下新鮮空氣……」

另一位巡官已經查過保羅的書房，但什麼也沒發現；接著，他們來到廚房，一邊將擋在通道上那些堆積至腳踝的剩菜踢開。廚房窗戶沒有百葉窗，因此院子通道對面的房子直接將影子投影在廚房裡，看來也是空無一物。

可是當那位巡官將枯死的乾花踢開時，卻發現有個拉門被掃到廚房角落的櫃子旁邊。而櫃子上方的門上有一塊方形的板子，看來應該可以用軌道推拉，可是櫃子門卻是緊閉著。

巡官往前跨了一步，伸出手放在小門把上，順著凹槽拉開擋門。

接著不由自主地後退。

在門裡的小洞中，流出了某種東西，然後堵塞掉出來某種膠狀物，像是一大團布丁似的，就落在一個褪色的棕紅色粗呢絨布袋裡。

「唉呀！」巡官大叫。

為了將門關上，得先用手將那像布丁一樣的東西往裡推，不知為何，想到要碰那東西就覺得討厭。於是，巡官又想轉動餐具櫃的把手。但擋門相當沉重，他將門打開約三至四英寸寬後，探頭朝裡面望了一下，然後還得以肩膀頂住門才關得上。關上門後，他發現有一個東西被夾在門縫中透了出來，那是一小塊三角型的黑白方格裙子，離地板只有幾英寸。

然後巡官走進公寓裡的小廳堂。

「好了！」巡官喊道。

他們逼保羅穿上衣服，但他仍將兩手擋在眼前遮光，頭腦一片混亂。有太多事情發生了，保羅完全搞不清楚狀況，他不明白屋裡為什麼到處散落著乾枯的花朵，也不明白為什麼警官會出現在房裡，更不明白為什麼要派人拿擔架、將四輪馬車駕過來，更不明白的是他們從廚房……從他廚房裡搬走的那個沉重物體是什麼……

「到底是怎麼回事？」保羅睡意濃重咕噥道。

然後他聽見廣場上的竊竊私語聲，還有四輪馬車的剎車聲。保羅正納悶著，一名警官再度走到他身旁，低聲說了些「有對你不利的證據」之類的話，讓他不禁感到疑問。接著，警官將保羅拉起來，帶他走向門邊……

不，保羅完全不能理解是怎麼一回事。

警官抓著他走下階梯，往通道走去。他察覺到現場充滿混亂的怒吼，周遭圍觀的群眾像在期待一場私刑進行，接著他注意到一個流露驚恐目光的胖男人，好像正在發表什麼證詞，警官在筆記本上做著筆錄。

「我看見她和他在一起，他們經常在一起，她到我的店裡來說，那是要給他的……

我想應該沒有什麼問題……那個號碼就是111333。」胖男人驚恐地說道。

圍觀的民眾顯得群情激憤，不得不出動許多警察要求民眾往後退，其中一名巡官以保羅認為較為仁慈親切的聲音，要求某人在還沒有搬出什麼東西之前，先將某人帶進車裡，保羅這才發現有一輛四輪車停靠在門邊，而他竟是那個要被帶進車裡的人，當警官們將他拉起時，他看到巡官走近，橫擋在他與某件位於車後的東西之間，可是巡官的動作還是慢了一步，保羅看到那是一個蓋起來的擔架。

憤怒的聲音如同驚濤駭浪般，此時，有個像石頭般的硬物擊中車後，巡官亦步亦趨押著保羅走進車裡，並背對著站在離那群民眾較近一側的窗邊。門還沒關上，顯然是在等另一位巡官坐進來；透過開著的車門，保羅瞥見樹叢間那幾塊寫著「吉屋出租」、狀似劈刀的招牌。其中一人說鑰匙在六號那戶人家……

忽然怒吼聲停止，一陣拖曳的腳步聲沿著進門的通道傳開來，接著一位巡官出現在車門邊。

「快點離開！」巡官對駕駛大聲說道。

巡官坐進車裡，隨手關上車門，並以自己的身體擋住另一扇窗，保羅坐在兩名巡官中間，平靜地睡著。車輛駛過廣場，其他的車子開上山丘，而停屍間，就在那條路上。

1 八分之一英里。

2 威爾斯歷史上的十三個郡之一，位於威爾斯北部，是威爾斯語傳統最強的地區之一。

3 英鎊舊制單位，一英鎊等於二十先令，一先令等於十二便士。

4 英格蘭東南部的一個濱海市鎮

5 長綠灌木，可用以飼養蠟蟲，製作白蠟。

綠茶
Green Tea

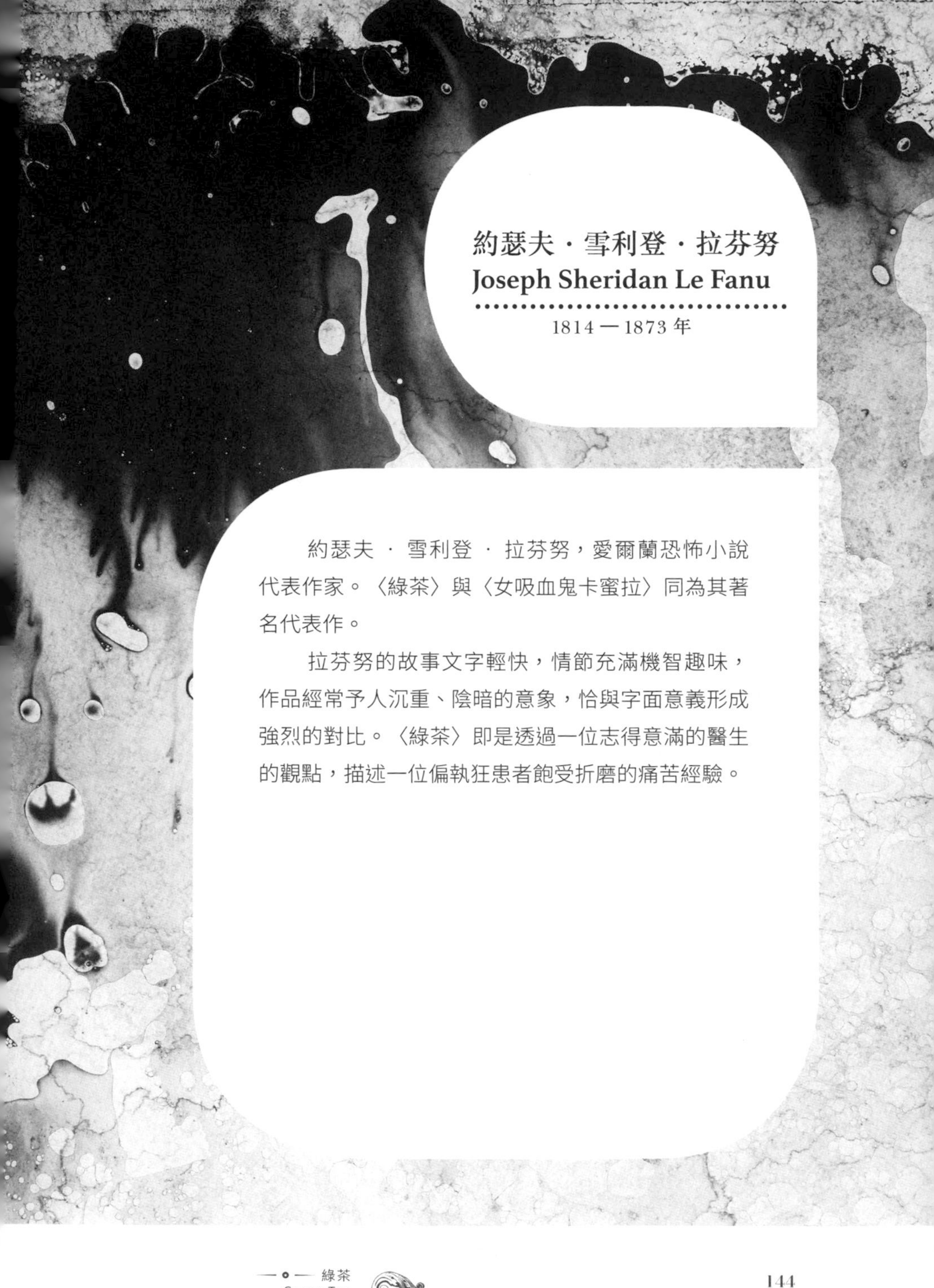

約瑟夫·雪利登·拉芬努
Joseph Sheridan Le Fanu

1814－1873年

約瑟夫 · 雪利登 · 拉芬努，愛爾蘭恐怖小說代表作家。〈綠茶〉與〈女吸血鬼卡蜜拉〉同為其著名代表作。

拉芬努的故事文字輕快，情節充滿機智趣味，作品經常予人沉重、陰暗的意象，恰與字面意義形成強烈的對比。〈綠茶〉即是透過一位志得意滿的醫生的觀點，描述一位偏執狂患者飽受折磨的痛苦經驗。

雖然我在醫藥與外科手術上學有專精，卻從未正式行醫或為病人操刀，儘管越深入研究這兩門學科，興趣越濃厚，但我還是離開了甫入的醫界，這並不是因為我個性怠惰或志向未定，而是我被手術刀割傷了。這起意外迫使我必須立刻切除兩根手指，但最痛苦的是我的健康大不如前，再也無法恢復往日的巔峰，一年十二個月，我幾乎都在遊歷四方。

旅途中，我認識了馬丁・赫希里斯醫生，他和我一樣都是內科醫生，也喜歡浪跡天涯，甚至一樣對工作充滿熱忱。但與我不同的是，他愛流浪是出自天性。以英格蘭的標準看來，他不算富貴人家，但起碼是「家境小康」之士。第一次遇見他時，他已是大我三十五歲的老紳士了。

遇見赫希里斯醫生後，我總算找到了想追隨的大師。赫希里斯醫生的學識淵博，幾乎可以用直覺診病。對於像我這樣年輕的醫學狂熱分子而言，他正是一位啟蒙者，我以敬畏、喜悅的心追隨著他。對他的景仰，絕對禁得起時間的考驗，更不怕生離死別的試煉，我相信這份崇敬是根深柢固的。

此後二十年，我一直擔任他的醫學祕書，負責管理大量的病例資料，包括依序排列、編目與裝訂等工作。其中，某些病例的治療方式頗令人好奇。

赫希里斯醫生習慣以兩種不同的方式書寫病例，他會先以聰慧的門外漢角度將所見所聞列出，以個人角度敘述病人是如何痊癒、重見光明，或是瀕臨黑暗死亡；接著再回歸正統，以與生俱來的藝術天分與天才創造力，繼續採用分析、診斷與圖解的方式記錄病例。

這些病例中，不時會出現讓我深感驚奇的個案，赫希里斯醫生記錄病例的方式完全跳脫專業人士慣用的手法，生動的敘述深深吸引不諳醫學的讀者。

我抄寫了以下這則故事，並將語言與故事主角的姓名，稍作修改，當然，敘事者仍是赫希里斯醫生。

我是在赫希里斯醫生於六十四年前造訪英格蘭時所記錄的眾多病例中，發現到這一則個案的。

這起病例記錄在醫生寫給里登的范盧博士一系列信件當中。這位博士不是醫生，而是一位化學家，同時研究歷史、形上學與醫學，生前還曾撰寫過劇本。

如果各位覺得這篇案例缺少醫學紀錄該有的價值，這是由於書寫對象是針對一般不懂醫學的讀者使然。

從信件的備忘錄看來，這些信是一八一九年，范盧博士去世後退回給赫希里斯醫生的。這些信有些是英文，有些是法文，但多數是德文。雖然我是忠實的譯者，但自知並非完美，可能會遺漏某些段落或簡略某些句子，甚至隱瞞信中某些名氏，但我發誓我絕對忠於原著。

1 赫希里斯醫生提到他如何遇到詹寧牧師

詹寧牧師是位高瘦的男士。年屆中年，經常一身整潔、老式、一絲不苟的牧師裝扮。個性有些嚴謹，但不古板。五官雖稱不上俊俏，但相貌端正；個性和藹，卻有些靦腆。

某天晚上，我在瑪麗・海度克女士家遇見他。他莊重和善的面容令人頗有好感。雖然只是小型聚會，但詹寧牧師卻非常樂意加入交談。比起自己發言，他似乎更樂於傾聽他人的談話，而他所說的每句話都一語中的、言簡意賅。詹寧牧師深受瑪麗女士的喜愛。也因此，瑪麗女士在許多方面都會徵詢詹寧牧師的意見，即使對詹寧牧師的深入瞭解並不多，瑪麗女士卻依然認為他是世上最愉快、最受祝福的人。

詹寧牧師是單身漢，據說擁有六萬英鎊的存款，是一位慷慨慈悲的人，一直期望能成為獻身神職最積極熱忱的一分子，他的健康狀況一直很不錯。但據瑪麗女士所言，當詹寧牧師來到沃里克郡時，健康卻十分詭異地急遽惡化。

詹寧牧師的健康以某種突然而且詭異的方式惡化，甚至在肯里斯美麗的老教堂主持禮拜儀式時，突然發病，發病的部位可能是心臟，也可能是腦部。

這樣的情形發生了三、四次，甚至更頻繁。在某次執行完儀式後，他突然停止說話，一陣靜默，似乎仍有些身體不適，後來他獨自默唸祈禱文，抬起頭、高舉雙手，臉色蒼白如紙。或許是感到莫名的羞辱與恐懼，他渾身顫抖地走下講台，一語不發地退回教堂的側室，只留下一群前來禮拜的人們。

事件發生時，他的助理牧師並不在場。所以現在只要他前往肯里斯，都會有一位神職人員同行，以備他突然發病時，替補他的位置。

瑪麗女士又說，每當詹寧牧師情況惡化，被人從教區送回倫敦「皮卡迪利大道」不遠的暗巷內，在那間極為狹長的住所時，他的健康狀況卻又十分良好。對於這點我另有看法，病情當然也有輕重之分，日後我們就會了解。

詹寧牧師是一位非常具有紳士風度的男士，卻有某種古怪之處。人們要不是對這種古怪渾然不覺，要不就是記得相當清楚！我就是那種當下立刻察覺的人。詹寧牧師的眼神總是在地毯上游移，緊盯著出現在那兒的東西。雖然這種情況偶爾才出現，但仍令人覺得他的舉止怪異，而且他的目光中，透著一種窘迫又緊張的神色。

正如世人對我的稱呼——醫學家，身為醫生的我必須透過大量的病例努力鑽研病理，並比一般人耗費更多的時間詳加觀察與檢閱，甚至比執業醫生更為注重細節。也因此，我養成了勤於觀察的習慣，只要是具備調查價值的對象，我都會仔細地觀察。

在某次聚會中巧遇這位瘦弱、靦腆、仁慈卻保守的紳士，恰巧就具備值得觀察的價值，於是我不斷觀察，將之記錄下來，其他技術層面的描述，就留給嚴謹又講求數據的科學報告吧！

我必須強調的是，我提出的醫學觀點，採用的是比目前的藥物治療更為有效的方法，希望未來的人們對這種醫學觀點能有更深入的了解。我相信大自然是靈魂世界的極致展現，而由此靈魂世界或此世界，自有其生命存在。我相信人類的本質就是靈魂，而靈魂是一種有組織的實體，會因人類慣以了解的物質而改變面貌，像光或電；所謂的物質則是一種較顯而易見的概念，就像一層外衣，死亡雖會破壞人類的存在，但其實是將人類從物質中解放，解放過程從人類所謂「死亡」的那一刻開始，幾天之後「靈魂」便會再度復活。

一般人了解這些情況後，大都能看出目前實際應用的醫學處境。以現今的醫學還無法合理解釋靈魂世界的現象，或討論這些大眾無法了解的事實。

因為習慣，我經常暗中觀察詹寧牧師，儘管小心翼翼，還是被他察覺了，因為我發現他也在留意我。某次碰巧瑪麗女士叫了我的名字——赫希里斯醫生，我發現他的眼神變得有些銳利，沉思了好幾分鐘。

之後，我到房間另一端與一位男士談話，卻發現他以堅定的目光盯著我，眼神透露某種我能明白的意味。我看見他藉機與瑪麗女士交談，我知道我正是他們現在談論的對象。

這位高瘦的牧師慢慢接近我，加入談話。

當兩位同樣喜愛閱讀、閱歷豐富，又十分健談的人聚在一起時，話題絕對是源源不絕！然而，詹寧牧師絕非無意間靠過來與我交談。精通德文的他，讀過我針對超自然醫學提出的論文，知道論文內欲揭露的想法遠甚於文字表面。

這位有禮的男士，個性溫和、害羞、坦率，喜歡閱讀、有想法，雖然在我們這群人當中走動、交談，但他並不屬於我們這一類人，我開始懷疑他是個戒備心很重的人，將自己的私生活隱藏得好好的，不只對外人，連最親密的朋友也無法窺知一二，而現在他正盤算著，下一步該對我採取怎麼樣的行動。

我在他毫無所覺的情況下窺探了他的內心，小心翼翼不漏半點口風，以免打草驚蛇讓他發現我正揣測他的意圖。

閒聊了一會兒之後，詹寧牧師終於開口道：

「赫希里斯醫生，我對你寫的幾篇關於超自然醫學的論文非常感興趣，不過我讀的是德文版，大概十或十二年前閱讀的吧！不知道現在可有譯本？」

「我確定沒有，不然我應該知道。我想他們會徵求我的同意才是。」

「幾個月前，我問過此地的出版社關於這本著述的德文版，但他們說已經絕版。」

「是啊，絕版好多年了，知道你沒有忘記拙作，真令人開心！」我笑著繼續說：「十或十二年的時間，足以讓人忘了它的存在，我想，你可能是想起這類題材，或最近發生某些事勾起你對這本書的興趣吧！」

當我說出這些話之後，詹寧牧師亟欲探究的眼神突然出現困窘，就像女士臉紅時的靦腆模樣：他的眼睛朝下張望、兩手僵硬地抱胸，神色怪異，或者說有點罪惡感。

讓他有台階下的好方法，就是視而不見，所以我又繼續說：

「我也常對某些題目重新燃起興趣；一本書常會牽涉到另一本書，所以常白費力氣回想二十年前讀過的東西。如果你想要一本的話，我很樂意送你，我手上還有兩、三本，如果你願意，我倍感榮幸。」

「你真是太好心了，」詹寧牧師鬆了口氣說道：「我幾乎都要絕望了，真不知該如何感謝你。」

「千萬別客氣，一件小事，我都怪不好意思的，如果你再客氣，我不如將書丟到火裡燒掉，以表謙虛。」

詹寧牧師大笑。然後問我在倫敦的落腳處，又聊了一些話題，才告辭離去。

2 醫生與瑪麗女士的問答

「瑪麗女士，妳的牧師真不錯，」詹寧牧師一離開，我立刻說道：「詹寧牧師飽讀詩書、閱歷豐富、體貼，待人處事又成熟，真是個益友！」

「他的確很完美，真的是個好人。對我的學校和我在卓不里其的事業所提供的建議都非常寶貴，他任勞任怨，攬下好多麻煩——你一定想不到他做了多少事——他本性善良，又通情達理。」瑪麗女士讚嘆地說。

「真高興聽到這麼多關於詹寧牧師的優點，綜合妳剛剛所說，我可以證明他是一位和藹、有修養的良伴，我也告訴妳兩、三件關於他的事。」

「真的？」

「是啊，首先，他未婚。」

「對，沒錯——繼續。」

「他曾寫過書，只寫了兩、三年就沒有繼續寫作，那本書討論的主題相當抽象，約略與神學有關。」

「嗯，如你所說他以前寫過書，但我不確定是什麼內容，那不是我關心的重點，你說得有可能是對的，他確實半途而廢。」

「雖然他今晚在這兒喝了一點咖啡，但其實他喜歡喝茶，而且是非常喜歡。」

「沒錯，這倒是真的。」

「他喝綠茶，而且是大量的綠茶，是嗎？」我繼續追問。

「嗯，這點非常奇怪！以前我們還常為了綠茶幾乎快要吵架了呢！」

「但他現在完全戒掉不喝。」

「是啊！」

「那我再說一件事，妳認識詹寧牧師的父母嗎？」

「認識啊，不過他父親去世十年了，他們住在靠近卓不里其的地方，我們兩家很熟。」瑪麗女士答道。

「那麼，可能他的父母——我倒寧願是他父親，曾見過鬼魂。」

「唉呀，赫希里斯醫生，你簡直就是巫師。」

「有可能是他父親，也可能不是，我剛剛說得對不對？」我愉快地答道。

「你說得沒錯，是他父親。老詹寧先生是個安靜、古怪的人，常說一些令我父親感到無趣的夢，他最後竟說自己見到了鬼魂，而且還與對方交談，這件事實在很詭異。我印象這麼深刻是因為我很怕他，那時我不過是小孩，他又非常沉默陰鬱，習慣在傍晚時分拜訪我家，我經常在會客室裡想像他身旁跟著一群鬼魂。」

我微笑示意。

「既然現在我有巫師形象，也該道晚安了。」

「你怎麼知道的？」

「當然是靠占星啊！吉普賽人都是這樣。」我促狹地答道，然後愉快地互道晚安。

第二天一早，我將詹寧牧師想找的小冊子寄給他，並附上一封短信，當天下午稍晚，我一回家就接到詹寧牧師的回音，發現他已經造訪過我的住所，並留下名片，還詢問我是否在家？什麼時候來最有可能找到我？

難道詹寧牧師打算向我坦承一切，徵詢人們所謂的「專業」意見嗎？

關於詹寧牧師的問題，我已經得到一個解釋，與瑪麗女士的談話也強化這個推論，但我想聽他親口證實。我該如何維持一貫的修養，還能讓別人對我招供呢？我想不出任何辦法！我倒寧願詹寧牧師會有辦法。

不論如何，親愛的范盧博士，我想我都不該為難自己，我打算明天回訪。唯有如此才算是禮尚往來，我要親自去見見他。或許，可以從中窺知事情的端倪。但不論此行的所獲多寡、或是一無所獲，親愛的范盧博士，事後你自會知曉。

3　赫希里斯醫生從拉丁書籍中發現某些事

嗯，我造訪了布蘭克街！

當我抵達詹寧牧師的住所時，他的僕人卻告訴我，牧師現在非常忙碌，因為他正在接待一位來自肯里斯教區（詹寧牧師所負責的教區）的神職人員。為了保留與他完整會談，並再度造訪的機會，我只說會再找個時間登門拜訪，便轉身離開；不過，當那位僕人請求見諒並詢問我是否為赫希里斯醫生時，猛盯著我的眼神卻不是身為僕役該有的行為，確定我的身分後，他說道：

「赫希里斯醫生，你同意讓我通報你的來訪嗎？我相信牧師很想見你。」

不久，這位僕人幫詹寧牧師捎來一份口信，詢問我是否願意到書房等候，詹寧牧師保證很快會來見我。

這房間果真是如假包換的書房——簡直就像圖書館，挑高的房間、有兩扇細長的窗戶，以及華麗的深色窗簾。比我預期中更加寬敞，從地板到天花板，書房的每側都擺滿了書本。

上層地毯——我踩在上面的感覺像是鋪了兩層或三層——是土耳其地毯，踩在上面，完全不會發出聲響。凸出的書架讓狹窄的窗戶看起來就像壁嵌。房間整體的氣氛相當舒適、甚至有些華麗，不過卻有種陰鬱感，加上周遭靜悄無聲，幾乎讓人有點喘不過氣來。

不過，也許是我的聯想力太豐富。現在我對詹寧牧師有些特別的想法，我帶著不祥的預感踏進這間寂靜無聲的房間，除了那兩扇細長的玻璃窗外，這房間籠罩著陰暗，擺滿嚴肅沉重的書籍，更加滋長了陰鬱沉悶的氣氛。

在等待詹寧牧師到來的空檔，我翻閱了堆在架上的書籍以打發時間。但就在緊鄰書架的地板上，一些背面朝上的書本裡，我看見史威登堡的《屬天的奧祕》拉丁原文全集，非常精緻的對開版本，受到宗教的影響，裝訂十分整齊，還採用上等羊皮紙、燙金字體、洋紅頁緣的處理。

這些書冊裡還夾了書籤，我將這些書本堆疊在書桌上，翻看書籤標示的部分，閱讀那些正經八百的拉丁用語，其中有一部分特別以鉛筆劃線作記號。我將這些句子抄錄了幾段翻譯：

當人的內在視界，也就是靈魂之眼開啟時，便能看見另一種生命體，那是肉眼無法看見的。

透過內在視界，我看見了另一種生命體，比肉眼所能看見的更為清晰。由此可見，肉眼是來自內在視界，而靈魂之眼則是來自另一層更深邃的內在視界，依此類推。

每個人身旁至少都存在兩種邪靈。

在這些邪靈中，有些邪靈辯才無礙，然其言尖銳刺耳；有些邪靈言語駑鈍，然其言暗藏違背人類思維的內容。

與人類有關的邪靈，其實是來自地獄，但當邪靈與人類同在時，它們便不屬於地獄，而是脫離了地獄；此刻它們存在的世界，便處於天堂與地獄中間，我們稱為靈魂世界——人類身旁的邪靈就生存於靈魂世界，不必遭受地獄的刑罰，而是依附在人類的想法、情感與享受中。但當它們重返地獄時，又回到先前的狀態……

如果邪靈察覺自己與人類的關聯，卻又發現人類是獨立的個體，如果它們能鑽進人類的肉體內，那麼它們必定千方百計地想摧毀人類，因為它們對人類恨之入骨。因此，當邪靈明白我是這個肉體的主人後，便想盡辦法企圖摧毀我，不單想破壞我的肉體，更想毀滅我的靈魂，摧毀人類或人類的靈魂對地獄來的邪靈而言，是一大樂事；但我一直都在主的保護下。除非有堅定的信仰，否則與邪靈一同生活的人類，處境將十分危險。

除了防止邪靈與人類結合，人類更應小心提防不要讓邪靈明白這些道理，因為只要它們明白，它們便會與人類交談，並想摧毀人類。

地獄以殘害人類為樂、加速人類永世的毀滅。

此外，還有一段詹寧牧師以鉛筆寫在書頁下方的筆記，引起我的注意。原本我想看看他針對內文所下的評論，但我只讀了一、兩個字就停止，因為內容與我預期的不同，是以「願上帝憐憫我」作為開頭的句子。

這表示這些文字是有關詹寧牧師的個人隱私，因此我移開了視線、闔上書本，將所有的書放回原位——除了我感興趣的那本之外。我就像一個勤奮好學的人，被書本內容深深吸引，進入忘我的境界，連自己身在何處都不記得！

當時我讀到一些篇章，是以史威登堡的專業用語提到「代表物」與「對應物」；我還看到一段句子，大意是講述當邪靈被地獄以外的生物看見時，它的「對應的方式」便是以怪物的形象呈現，代表目擊者獨特的欲望與生命，是可怕又凶殘的。這段文章很長，描述了許多怪物的型態。

4 四眼共讀

正當我以筆袋順著句子移動閱讀時，突然有東西引起我的注意，我不得不抬起頭。從正前方的鏡子裡，我看見了詹寧牧師高挑的身影，他就站在我身後，越過我的肩膀俯身探看我埋首閱讀的那些段落，他的神情非常陰沉狂野，我差點認不出來。

我立刻轉身站起。他也站直身子，努力擠出一絲笑容，說道：

「我只是進來問問情況，並不想打斷你的閱讀，但我抑制不住好奇心，還無禮地從你身後偷窺。這應該不是你第一次閱讀這些書吧！你應該也研讀過史威登堡的書，很久以前嗎？」

「噢！是的！我欠了史威登堡不少人情，相信你會在那本談論超自然醫學的小冊子裡找到史威登堡學說的痕跡，難得你還記得我那本拙作。」

雖然詹寧牧師表面上刻意裝出愉快的模樣，但他還是有些漲紅著臉，我明白這是因為他內心十分不安的緣故。

「我恐怕還不夠資格談論史威登堡，我對他的學說不甚了解，兩星期前我才開始閱讀他的著作，我認為他的書會讓孤獨的人神經緊張——我是指，就我讀到的那一小部分來看——當然不是指這些內容會令我緊張。」詹寧牧師笑著說道：「還有，非常感謝你送的書，你應該有收到我的留言吧？」

我盡可能禮貌致意，並謙虛回應他的感謝。

「我從來沒有讀過像你的著作這樣令我愛不釋手的書，我馬上就知道書中的見解，比其他已經發表的學說更豐富。你認識哈利醫生嗎？」

在此順道一提，曾有某刊物編輯非常推崇哈利醫生，認為他是所有英格蘭執業的醫生中，最傑出的一位。

我也曾與哈利醫生通過幾次信，造訪英格蘭時，也承蒙他的殷勤款待與慷慨協助。

「我認為他是我這輩子見過最愚蠢的人。」詹寧牧師悻悻然說道。

我第一次聽見他如此苛刻批評一個人，而且對象還是一位德高望重的醫生，這不禁令我有些愕然。

「是嗎？在哪方面？」我疑惑地問道。

「在專業方面來說，我是這麼感覺。」詹寧牧師回答。

我只好微笑不語。

「我的意思是……他有一半……他看待事物的眼光有一半是消極黑暗，另一半則是過度積極光明，最糟的是他冥頑不靈。我真不了解……他也不會讓我了解……他曾經幫我診斷過幾次，但就醫學來說，他比腦中風的患者好不到哪去，他的腦細胞已經死了一半。至於我的病情，我一定會告訴你，總有一天，我會將事情原原本本地告訴你。」詹寧牧師略顯激動地說道：「你會在英格蘭多待幾個月吧！如果我在這段期間出城，你是否允許我寫信給你？」

「那是再高興不過的事了。」我向他承諾。

「你真是大好人，哈利醫生簡直讓我大失所望。」詹寧牧師感激地說道。

「他只是有些唯物主義罷了。」

「他是徹底的唯物主義者。」詹寧牧師糾正道：

「你一定無法想像，對一個深諳箇中緣由的人來說，這件事有多令人困擾，你應該不會告訴別人——任何一位我的朋友——我的憂鬱傾向吧？大家都不知道我曾見過哈利醫生或任何一位醫生，就連瑪麗女士也不知道。所以，請你千萬別對人提起這件事；如果我又發病，也請你容我寫信秉告，如果我在城裡，請准許我與你面談。」

我當時滿腹猜疑，不自覺中我竟發現自己神情嚴肅地盯著詹寧牧師，他的眼睛朝下望了一會兒，然後說：

「我知道，你希望現在就聽到事情的始末，也許，你心中已經有什麼想法，不過我勸你還是放棄！就算你花上一輩子，也想不出事情的真相。」

詹寧牧師搖搖頭笑了笑，就像一片烏雲突然降臨，遮住冬日的暖陽，他從齒縫間倒抽了一口氣，就像人在痛苦時常有的那種動作。

「很抱歉，沒想到你這麼擔心看醫生這件事，不過還是請你告訴我，你方便的時間與方式，還有，你大可放心，我一定會保守祕密。」我急切地道。

但詹寧牧師卻轉移話題，一反常態的輕鬆愉快，聊了一會兒，我便告辭離去。

5 赫希里斯醫生被召喚到里奇蒙

表面上我們愉快地分手，實際上卻各懷心事。那個邪靈以某種具體形象表現出來了——那是一張人類的臉——雖然我曾見過不少惡靈，也具備醫生該有的膽識，但這次我感到不安。詹寧牧師方才的臉不斷困擾著我，那張臉讓我盡往悲觀的方向思考，所以我改變當晚的計畫而去觀賞了一齣歌劇，因為我覺得該讓自己轉換一下心情。

又過了兩、三天，我未再收到詹寧牧師的隻字片語，某天卻收到了一封短信；信裡充滿愉悅與希望。他說這陣子覺得情況好多了，好到他想做試驗，想在教區待上一個月，看看在那兒工作對他的健康是否毫無妨礙。他在信裡表達出對信仰的熱忱，並感激信仰讓他恢復健康。

又過了一、兩天，我見到瑪麗女士，她也對我說了詹寧牧師信上說的那些話，並告訴我，詹寧牧師現在其實是在沃里克郡，重新擔任和在肯里斯一樣的神職工作。瑪麗女士還補充道：

「我覺得詹寧牧師現在的情況很不錯，其實根本沒什麼事，只是神經緊張或胡思亂想罷了；雖然人難免神經緊張，但我認為要克服這種弱點，只要再加把勁就好了，況且他已經下定決心嘗試，就算這一年他都沒回來，我也不會訝異。」

儘管詹寧牧師如此自信滿滿，但不過兩天後，我又收到下面這封信，時間是他回到皮卡迪里大道寓所的那天：

親愛的赫希里斯醫生，結果，我從失望中回來了。如果我的情況可以與你會面，我一定會寫信邀請你到舍下一訪。但我目前的情況十分糟糕，連暢所欲言的力氣都沒有。請不要對我的朋友提起我的名字，我現在無法接見任何人。我祈求上帝，希望未來你還能見到我。我打算到施洛普郡一趟，我有一些親人在那兒。願主保佑你！希望我回來時，我們可以在比目前更愉快的情形下碰面。

接到信後的一星期左右，我到瑪麗女士的家中拜訪。她說自己是最後一位離開城裡的人，現在正想趕往布萊頓，因為倫敦的好季節差不多要結束了，她告訴我，她有詹寧牧師住在施洛普郡的姪女瑪莎的消息。但信中除了提及詹寧牧師目前情緒低落、緊張外未提及其他事。從這些話中，我可以體會對身體健康的人來說不足掛齒的毛病下，其實暗藏一個飽受折磨的生命！

又過了五週，我沒有任何關於詹寧牧師進一步的消息，但之後，我又收到一封短信，他寫道：

過去這段日子我都待在鄉下，改變了周遭的空氣、眼前的風景、人們的臉孔，一切的一切——除了我自己之外。

我下定決心，要盡一個全世界最優柔寡斷的人所能下的決心，將情況向你一五一十地坦白。

如果時間允許，請你務必來訪，今天、明天或後天都行，請盡可能不要耽擱。你絕對無法想像，我有多麼需要幫助。我在里奇蒙有一處幽靜的寓所，也就是我現在居住的地方，也許你能來共進晚餐、午餐，甚至下午茶都行。你可以輕易找到我。

我在布蘭克街的僕人，也就是幫我帶信的那位，會在任何你方便的時間，安排好馬車在你住家門口靜候，我永遠等候你的大駕光臨，你一定會說我不該獨處，但我已用盡各種方法，請你務必親自過來一探。

於是我招來那位僕人，決定照詹寧牧師希望的，當天下午啟程。

車子經過兩排低矮、陰暗的榆樹叢，駛向一棟老式的磚樓。我想，如果他待在宿舍或旅館，情況都會比現在好，這棟樓房周遭與屋頂全被濃密的樹蔭遮蓋，顯得陰暗無比。這真是一個沉抑的地方，我想不出還有哪裡比這兒更死寂、陰鬱。

這棟樓房的主人正是詹寧牧師，他曾在城裡待過一、兩天，但後來卻因某些原因無法忍受城裡的生活——八成是因家裡的擺設——才搬到這兒居住，在這裡，他可以放鬆思考、放慢步調。

太陽西沉，只剩餘暉照耀，原本熟悉的景物有了不同的效果，屋裡大廳陰暗，直到走進後側窗口朝西的會客室時，又回到方才的落日餘暉下。

我坐下，抬頭遠眺那片林木蒼鬱的美景，在壯麗、憂鬱且逐漸褪色的夕陽餘暉裡閃耀光芒。房間越來越暗，有些角落早已一片黑，這樣昏暗景象不知不覺中影響了我的心情，為接下來可能聽見的不祥消息預作準備。

我獨自等候詹寧牧師到來，沒多久，他出現了。通往前面房間的門被打開，出現了詹寧牧師高挑的身影，但在微弱的光線中，幾乎無法辨認他的臉孔，他踏著安靜的步伐，悄悄走進房裡。

我們握手致意後，便將椅子拉到窗邊，這裡的光線還足以讓我們看清彼此的面容。他在我身旁坐下，將手放在我的手臂上，開門見山地講起他的故事。

6 詹寧牧師如何遇見他的「同伴」

落日餘暉照射在眼前那片壯麗孤獨的里奇蒙森林，灑進我們置身的陰暗臥房，落在詹寧牧師那張飽受折磨、木然的臉上，雖然依然溫和親切，臉部特徵卻已改變——在這片昏暗的天色中，一種怪異的光輝似乎開始降臨、擴張，所到之處光線陡然消失，一切立即陷入黑暗。

大地籠罩一片死寂——不是因馬車輾過路面的聲音、狗吠或遠方的口哨聲讓大地顯得寂靜，而是這位怪病纏身的單身漢房裡的氣氛所致。

雖然還搞不清楚整件事情的來龍去脈，但從那張飽受折磨的嚴肅臉龐與滿臉通紅的神態來看，我可以猜出事情的梗概。那張臉就像蕭肯的肖像畫一般，背景是全然的黑。

「事情發生在十月十五日那天，也就是三年十一個星期又零兩天前——我一直仔細算著，因為每天對我來說都是折磨，若我說了什麼前後矛盾的地方，還請你提醒我。」詹寧牧師痛苦地說道：

「大約四年前，我接下一份幾乎讓我絞盡腦汁並窮盡所有知識的工作——內容是有

關古人的宗教玄學。」

「我知道，就是那些受過教育、有思想的異教徒信仰，與符號崇拜不同，是相當廣泛而有趣的領域。」我搭腔道。

「話雖如此，但是對人類的心智卻沒好處，我是指對信仰基督教的人而言。異教徒信仰在本質上十分團結一致，而且同情魔鬼，他們的信仰與藝術、態度相關，但主體意識卻以低級的手法蠱惑人心，並主張絕對的因果論。上帝請寬恕我！

我寫了很多，每天熬夜到半夜。不論走到哪兒、身在何處，我無時無刻都在思考這個主題，它總是盤踞我的心頭。我徹底受到它的影響！你應該記得與這個主題相關的題材，或多或少都與美有關，主題本身也很有意思，但我卻完全不那麼認為。」

詹寧牧師重重嘆了一口氣，繼續說道：

「我相信，任何一個孜孜不倦勤於書寫的人，都得仰賴某種物品來維持工作，就像心靈的朋友一般，得靠茶、咖啡、甚至是菸草來提神。因此我認為要維持這份工作，得不斷提供某樣物品以供消耗，不然就會分心、神智渙散。總之，我感覺得到身體上的那份需要，而我也滿足了那份需要。茶，就是我工作時的良伴，一開始只是普通的紅茶，以普通方式沖泡即可，不算太濃；但後來我越喝越多，濃度也不斷增加；儘管如此，我也沒有因為喝茶而出現任何不適症狀。

之後，我開始嘗試一些綠茶。我發現喝綠茶的效果更好，它可以釐清我的思緒、加強腦力，我便開始經常飲用，濃度並沒有比一般喝著玩的人濃。

我在這間房裡寫了很多東西，這裡非常安靜。我經常工作到三更半夜，工作的時候，喝茶——綠茶——遂成我的習慣。在書桌的桌燈下，我吊掛著一個小茶壺，每晚十一點至凌晨兩、三點該上床就寢的這段時間裡，我都會沖泡個兩、三回。

以前我每天都會到城裡。我不是僧侶，但我經常在圖書館裡坐上一、兩個小時，搜尋與主題相關的官方資料及靈感，我認為那時我也未出現病態的異常情況。我和往常一樣會拜訪朋友、參加社交活動，我甚至還覺得當時的我比以前更輕鬆愉快。

後來，我遇見了一個男人，他有一些奇特古老的藏書，大都是以中世紀拉丁文寫成的德國版，能獲准看那些書對我來說，真是再高興不過的事了！

那位慷慨的先生將所有的藏書都放在市區，靠近郊區的老房子裡。我常在那兒一待就超過預定時間，離開時通常早已不見出租馬車的蹤影，我便會前往在那時段仍繼續發車的公共馬車站。老房子的門口兩側各有四棵白楊木。那天，公共馬車抵達時，天色比現在更暗，而且除了我之外，車上最後一位乘客也早已離開。車行速度非常快，天也快黑了，我倚在靠門的角落裡，心中愉快地反芻方才閱讀的內容。

馬車的內部十分陰暗，我從角落觀察到與我相對的另一側，就在馬匹的後端，有兩個散發紅光的小小圓形物體。兩個小圓點相距大約兩英寸，大小相當於遊艇駕駛別在外套上的小銅釦。

就像無聊的人常用來打發時間一樣，我開始思索那兩個小圓點的用途是什麼？從內部發出微弱紅光的是什麼？反射光線的物體又是什麼？是玻璃珠？鈕釦？還是玩具的裝飾品？馬車平穩地往前行駛，只剩一英里就到家了，我還是沒能解開心中的疑惑。

但事情卻變得更加詭異了，因為那兩個發光的小圓點，竟隨著馬車的顛簸掉落，更奇怪的是，那兩個發光體竟可以保持一樣的距離與地面維持平行，接著又上升到與座位

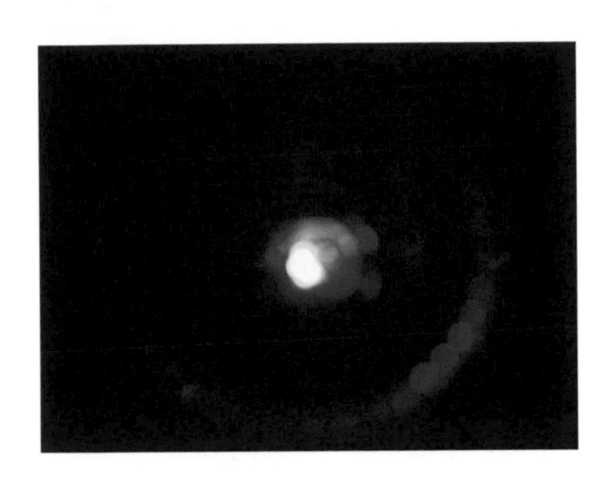

等高的位置，然後消失無蹤。

當時，我的好奇心升到了最高點，但就在我開始認真思考前，我又看到那兩盞微弱的小燈，出現在離地面不遠的位置；接著再度消失，最後竟出現在我最早看見它們的位置。

我雙眼直視它們，安靜地將身體往那兩個閃著紅光的小東西移動。

馬車裡的光線十分微弱，外面的天色也黑了。我努力將身子往前探，想看清楚那兩個小東西究竟是什麼，就在同時，它們的位置也有了些微的變化。

我現在可以分辨出那是某樣黑色物體的輪廓，很快我就發現那是一隻小黑猴的輪廓，牠正學我將身子往前探看，那兩個發光的物體就是牠的眼睛，在微弱的光線中，我還看見牠對我露齒而笑。

我縮回身子，不確定牠會不會突然朝我跳過來。我猜想，可能是某位乘客將這醜陋的寵物遺忘在馬車上。

為了探測這寵物是否仍具野性，但我又不敢用手指，於是便將雨傘慢慢朝牠戳去。那猴子動也不動，雨傘漸漸接近牠，最後竟然……穿透了牠，雨傘來回穿透牠的身體，一點受阻的感覺也沒有。

我當時的恐懼簡直無法形容，當我確定那樣東西只是幻覺時——我後來這麼假設，卻又開始擔心是不是自己的問題，一股強烈的恐慌攫住了我，讓我好一會兒都無法將目光從那畜生身上移開。

在我盯著牠的同時，牠往後跳進角落裡，而我卻發現自己因為過度恐慌已經坐在門邊，還將頭探出車外，大口吸著新鮮的空氣，望著車旁飛逝的燈火與樹木，激動得不知這一切是真是幻。

我請車伕停下馬車，趕緊下車，在付錢時，車伕以狐疑的眼光盯著我。一定是我的神情和模樣有什麼異常，因為我過去從未碰過如此詭異的事。」

7 旅程：第一階段

「馬車離開後，只剩我孤伶伶地站在路旁，我環顧四周，想確定那隻猴子有沒有跟著我——還好沒有，這真讓我大大鬆了一口氣！但剛剛所受到的驚嚇，簡直難以用筆墨形容，所以當我覺得自己應該已經擺脫牠時，心中真是萬分感激。

後來，我走到離這間房子不遠處，大概只剩兩、三百步的路程而已。步道旁有一堵磚牆，牆內是紫杉樹叢和常綠灌木叢，而樹叢裡則是俊秀的大樹，相信你進來時也注意到了。

那堵磚牆的高度大約到我的肩膀左右，而我卻偏巧往上望了一下，結果又見到那隻猴子，就在離我不遠的牆上，彎著腰、四腳著地地走著，我立刻停下腳步，既厭惡又恐懼地瞪著牠。

當我停下腳步時，那隻猴子也跟著停下，坐在牆頭上，將長臂擱在膝蓋上望著我。當時的天色昏暗，只能看出牠的輪廓，卻沒暗到讓我看不見牠雙眼逼人的光亮，我清楚看見那兩道黯淡的紅光。這次牠沒有齜牙咧嘴，也沒有任何生氣的模樣，反而顯得疲倦、悶悶不樂，只是靜靜觀察我。

我在不自覺的情況下，退回到步道中間，就這麼站在那兒，兩眼盯著那怪物，牠卻動也不動。

出於本能，我決定放膽一試，轉身快步走向市區，並且不斷斜睨著牠，想看牠會有什麼舉動。只見牠快速沿著圍牆爬行，亦步亦趨跟著我。

圍牆在路口轉彎處結束，牠跳了下來，往我這兒又跳了一、兩步，繼續跟著我走，我只好加快步伐前進。那東西在我的左側，離我的腿很近，讓我老覺得好像快踩到牠似的。

那條路十分荒涼寂靜，每走一步天色就越暗一分。我沮喪、失望又滿腹疑惑地停下腳步，轉身朝向這棟屋子的方向，也就是恰巧與剛才相反的方向走去。當我停下腳步時，那猴子就會往後退一點，與我保持一定的距離，我想大約有五、六碼之遙，還是一樣動也不動地望著我。

當時的我其實比現在的形容更為焦躁。當然，我也與很多人一樣讀過一些關於『特殊幻覺』之類的文章，就如同閣下診斷這種現象時所使用的專業術語。我思考自己當時的情況，面對自己的不幸。

我曾在書上讀過，此類疾病有些短暫、有些則難以控制。我也曾在一些案例中讀到，當這些現象剛開始出現時是無害的，後來卻會慢慢變得可怕又令人無法招架；最後，遭到怪病纏身的受害者會被耗盡所有元氣。

當時我獨自呆立在那兒，我試圖安慰自己，不斷向自己保證：『那東西不過是某種疾病的表徵，是眾所周知的疾病，就像天花或神經痛一樣。醫生都同意，哲學也證明了。我絕對不能像傻子一樣，這只是因為我最近老是熬夜的關係，還有我的消化系統也出了一些問題，但在上帝的保佑下，我一定可以恢復正常的，這一切都不過是神經性消化不良而產生的幻象而已。』

但我真的相信這些鬼話嗎？不，一點也不。我就像被邪惡俘虜的可憐人一般。我的知識與想法背道而馳，我不過是在自欺欺人！

我往回家的方向前進，只剩幾百碼的距離而已，我強迫自己放棄掙扎，但還是擺脫不了厄運降臨時，那股令人作嘔的驚嚇與恐慌。

我決定當天在家裡過夜，那怪物往我這兒又移近了些，我有種急著想走進屋裡的感覺，就像倦馬或餓狗回家慣有的那種迫切。

我害怕進城，我怕有人看見我或認出我來。我知道我的外表藏不住那股激動，也怕大幅改變自己平日的習慣，像是到娛樂場所或從家裡徒步外出，目的只是要讓自己疲累不堪。牠在大廳門口等我爬上階梯，大門一開時，便與我一同進入。

那晚，我什麼茶也沒喝。只抽了一些雪茄、喝了一些白蘭地和水。我的想法是，應該依照身體的需求系統生活，以理智過日子，逼自己進入一個新的領域。我上樓進入這間起居室，就坐在這兒，那隻猴子也跳到一張小桌子上，站在那兒。牠看起來顯得困倦無力，不安地移動著，讓我無法將目光自牠身上移開。牠的雙眼半闔，但還是透出光亮，定定地望著我。不論何時何地，牠總是醒著、雙眼緊盯著我。這點從沒改變過。

我不該再贅述當晚的情況，反該說說第一年發生的現象，即使到現在，本質上也從未改變，我該描述那隻猴子白天的模樣，牠在黑暗中時，就像你剛剛聽到的一樣，有個奇特的地方。

牠是隻小猴子，毛色非常黑，但白天的牠只有一種特質——一種憎恨的特質——深不可測的怨恨。第一年，牠看起來總是顯得鬱悶、病懨懨，但在那股疲態下卻流露出強烈的恨意與警覺性，一副想要替我製造麻煩的樣子，就像牠一直望著我一樣，視線從未離開我。

自從牠來了之後，除了在睡覺時間與牠因某種緣故偶爾消失幾星期外，無論何時我都看得見牠，不論白天或晚上。

即使是在全然的黑暗中，牠還是像白天一樣清晰可見，我指的不光是牠的眼睛，牠全身散發一圈像火焰般的光暈，隨著牠移動。

牠偶爾會離開我，但時間都是在晚上或天黑時，離開的方式永遠一樣。當牠要離開時，牠會先變得焦躁不安，然後往我靠近，齜牙咧嘴、渾身顫抖、四爪緊握，而且壁爐會突然升起火。可是，我的壁爐內從未生過火，因為只要有火光我就無法安睡。

然後牠會越來越往煙囪靠近，看來就像因憤怒而全身顫抖，當牠的憤怒到達最高點時，牠會突然跳進壁爐，順著煙囪往上爬，消失不見。

第一次發生時，我還真以為自己終於解脫，終於重獲新生了。

過了一天一夜，牠都沒有回來，之後又過了一星期、兩星期、三星期。赫希里斯醫生，這段期間我常跪下向上帝祈禱，感謝上帝的保佑。就這麼過了自由的一個月，牠突然又回到我身邊。」

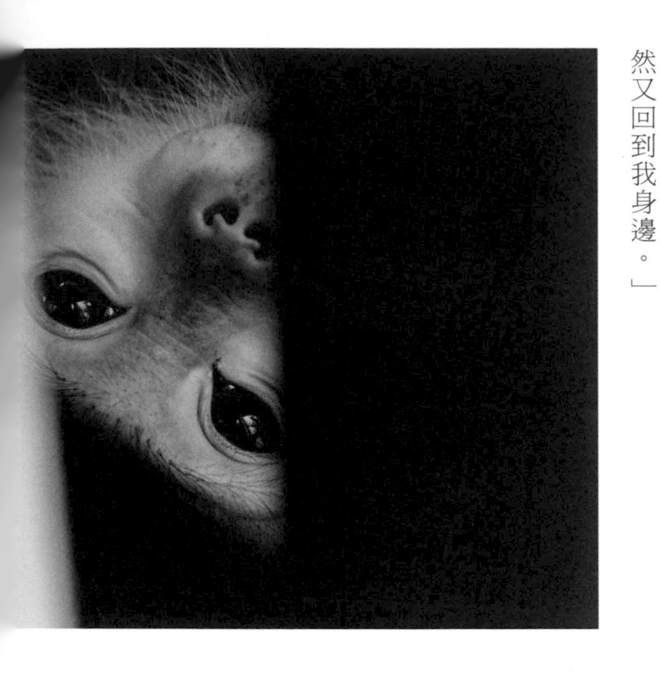

「那怪物又回來了，原本暗藏在懶洋洋外表下的怨氣，開始活絡，但其他方面絲毫未變，這股恨意產生的新能量展現在牠的動作和外表上，而且很快也出現在其他方面。沒多久，你就會了解，那隻猴子開始改變，牠的活動力增強，那股怨氣似乎也在攀升，好像牠一直在醞釀什麼惡毒的計畫一般。不變的是牠的眼睛依然不曾自我身上離開。」

「牠現在在這兒嗎？」我開口問道。

「不，牠已經消失十四個晚上又零一天——也就是十五天。有時候牠會消失將近兩個月之久，每離開三次就有一次是這麼久。每次離開至少都會超過十四個晚上，雖然有時候只是多一天而已。上一次看見牠是十五天前的事了，所以牠現在隨時可能出現。」詹寧牧師回答。

「牠每次回來，是否有特殊的地方？」

「沒有，什麼都沒有。牠只是又出現在我的周遭而已。可能是我從書上抬起頭或某次回頭時，就會像往常一樣看到牠的視線聚焦在我身上，直到再一次消失為止。這些事情，我從沒有如此鉅細靡遺告訴過別人。」

雖然詹寧牧師的外表有如槁木死灰，但我注意到他的心情十分激動，不斷以手帕擦拭額上的汗水，我告訴他這些情況應該可以治好，還告訴他我很樂意明天一早再度造訪，他卻說：

「不，希望你不介意現在就聽完整件事的始末。我都已經說這麼多了，所以打算一吐為快。當時我與哈利醫生談到的，還沒有像現在這麼多。你是一位通曉哲學的醫生，而且對靈魂學也有涉獵，如果那怪物是真的……」

他閉上了嘴，激動而疑惑地望著我。

「將來我們可以好好討論這件事。我會告訴你所有的想法。」過了一會兒我開口說道。

「那真是太好了。如果怪物是真的，我敢說，牠現在正一步步擴展牠的勢力，並將我往地獄的深處拉去。哈利醫生說這是視神經的關係，唉！好吧，但還有其他的傳導神經啊！願萬能的上帝幫助我！請再繼續聽接下來的故事。

牠的行動力增強了，牠的敵意從某方面看來也變得更強烈，大約兩年前，在我和主教之間懸而未決的問題終於獲得解決，而我也來到沃里克郡的教區，急著發揮我的專長。我對即將發生的一切完全沒有準備，但我卻覺得從那時候起，我就已經體會到類似的事情了，我會這麼說是因為……」

詹寧牧師正打算說出一些耗費氣力、而且不願提起的遭遇，他在敘述的過程還不時嘆氣，有時候看起來彷彿就快要昏厥的模樣。不過，在這種時候，他的模樣反而十分平靜，就像虛脫的病人終於放棄掙扎。

「首先，我要告訴你關於我服務的教區『肯里斯』的事。

當我離開這裡前往『卓不里其』時，那怪物也一直跟著我，就像某個沉默的旅伴，甚至在我下榻牧師宿舍時，也如影隨形，當我卸下工作時，卻產生另一種改變。

那怪物使出惡毒的手法，決心阻撓我。不論在教堂、書桌前、講道壇，牠亦步亦趨地跟著我，最後終於採取手段，利用我對教堂會眾頌唸聖經時，跳到聖經上蹲坐，讓我無法看到書頁上的文字，而且這種情形還不只一次。

因此我離開卓不里其一段時間，接受哈利醫生的診療。我完全依照他的吩咐，他對我的病症也花費許多心思。我想，可能只是因為他對這種病例頗感興趣吧！

表面上，他的診療似乎成功了。將近三個月的時間，我都沒再見過那個怪物，我也開始以為自己安全了。後來，在他的同意下，我又回到卓不里其。

我是搭乘輕便馬車回去的，當時我的狀況還不錯，心中充滿愉悅與感激。我以為自己正從幾乎致人於死的幻覺回到原本正常的狀態，回到我一直渴望奉獻的工作中。

那是一個美麗豔陽的午後，一切是那麼寧靜祥和，我的心情十分愉快。還記得我將頭探向窗外，遠眺隱藏在樹林間、肯里斯的教堂尖塔，那裡是最早可以看到教堂的地方。同時，那兒有一條小溪正好是教區的邊界，流經道路下的一條陰溝，在小溪的匯流處有一塊刻有銘文的古老石碑。當我們經過那個地方後，我縮回身子坐下，卻發現那隻猴子就坐在馬車的角落裡。

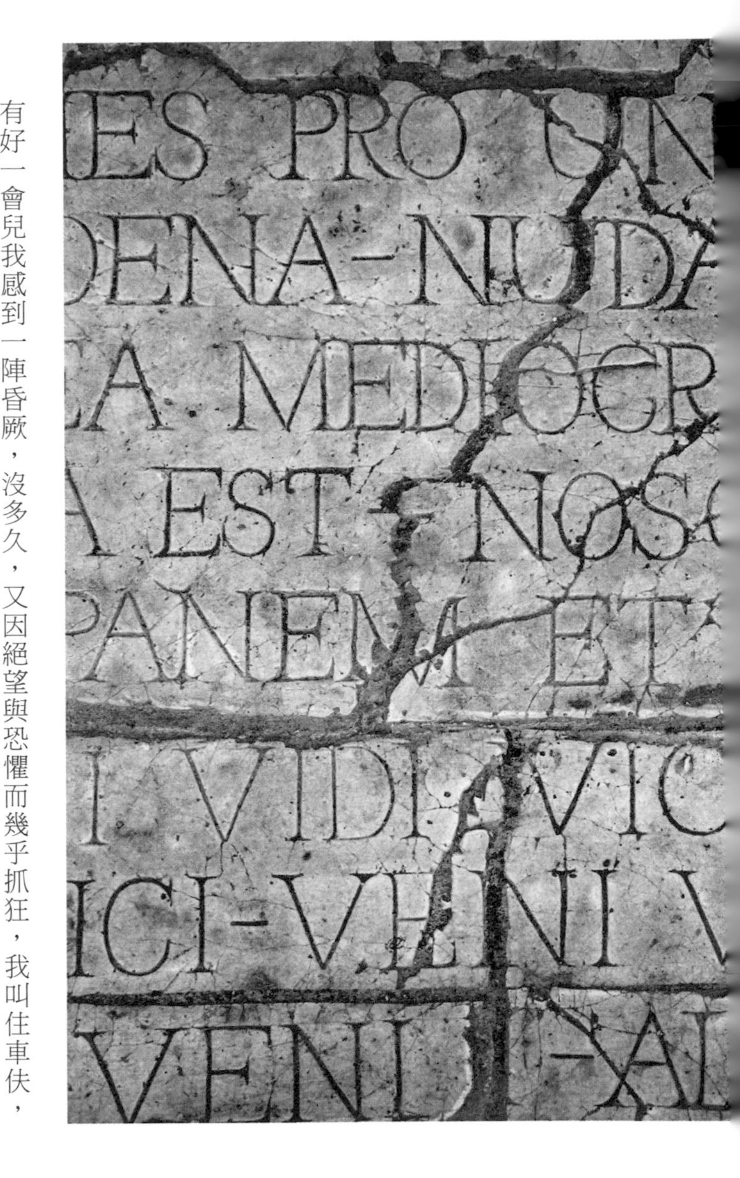

有好一會兒我感到一陣昏厥，沒多久，又因絕望與恐懼而幾乎抓狂，我叫住車伕，下了車，坐在路旁，安靜祈求上帝的憐憫。後來卻因過於絕望而放棄祈禱。那猴子又跟著我重新回到牧師宿舍，同樣的災難再次降臨。短暫地掙扎了一會兒，我終於放棄，很快地我就離開了那個地方。

告訴你，那怪物先前擁有的特質，現在都以更激進的方式展現。這點我稍微解釋一下，每當我誦念祈禱詞或冥思禱告時，那些特質都會因強烈又不斷增加的憤怒更形劇烈，最後終於成為致命的障礙。或許你會問，為什麼一個沉默的幻影會有如此的影響力？可是牠就是這樣，不論我何時冥思祈禱，牠永遠都會出現在我的眼前，而且一次比一次更貼近我。

以前，牠都會跳到桌上或站在椅背上、火爐旁，慢慢搖晃身體，雙眼緊盯著我。在牠的動作中，有一種令人心神渙散的力量，那單調的動作反而會吸引你的注意，直到所有的意識逐漸模糊——除非我發現自己的意識正逐漸模糊，努力振作，否則最後一定會失去意識。」

詹寧牧師重重嘆了一口氣，繼續說道：

「儘管我祈禱時總會閉上雙眼，但我還是可以看見牠離我越來越近。我明白牠應該不是具體的實物，可是我真的看見牠，即使閉上眼睛，牠還是可以出現在我的心中，征服我的意志，讓我不得不從原本的跪姿起身。如果你有過這種情形，你一定也能夠明白這種絕望與無助。」

「赫希里斯醫生，我知道剛剛敘述的故事，你應該都一字不漏地聽進去了。所以不用特別提醒你，仔細聽聽接下來的故事。

人們常說什麼視神經和幻覺，好像我的眼睛是唯一受到影響的器官——但我知道實情不只如此。因為以這兩年的悲慘遭遇來看，我受到的影響不僅於此。就好比食物是由口腔進入，之後再帶入牙齒下方，就像指尖被磨臼絞入，那麼整隻手也會跟著遭殃、接著手臂也難以倖免、然後是整個身體，同理可證，當一個人被不幸的命運抓住最細微的神經之後，就會被巨大無比的地獄力量拖往更不幸的深淵，最後就成了我現在的模樣。就像現在這樣，我說出這些，祈求救贖，我覺得似乎在祈求不可能的事，我的懇求也於事無補。」

我試圖安撫他逐漸激動的情緒，並且告訴他絕對不要喪失信心。

在我們談話的時候，黑夜已悄悄來臨，朦朧的月光籠罩窗外的一切，然後我說：

「我想你應該點根蠟燭。你也知道，月光是一種很詭異的光線。我希望在我擬出診斷方法前，你能儘量維持正常狀態——就讓我暫且這麼說吧！不然我也用不著費心了。」

「所有的光線對我來說都一樣。除非要閱讀或寫作，否則就算夜晚永無止盡，我也不在乎。現在，我要告訴你一年前發生的事，那東西開口跟我說話了。」

「說話！什麼意思？你是說像人類一樣開口說話嗎？」

「沒錯！是用文字和連續的句子說話，前後連貫而且發音清楚，但其中還是有奇怪的地方。牠的聲音不像人類，我不是用耳朵聽見牠的聲音，倒像是某首歌曲鑽入我的腦裡。

那股說話的能量，徹底摧毀了我。牠不讓我祈禱、以褻瀆上帝的行為來打擊我，害我不敢再繼續祈禱，事實上我也無法祈禱。喔！醫生，難道人類的技術、才智還有祈禱，對我都沒有幫助嗎？」

「詹寧牧師，你一定要答應我，別再以任何不必要或是異想天開的想法與自己過不

去，你只要客觀陳述事實就好，最重要的就是思考清楚整件事情，因為就算你認為那個騷擾你的怪物是有生命與意志的實體，牠也絕對無法傷害你，除非上天賦與牠某種能量；牠對於你心智的影響主要來自你的身體狀況——也就是說，在上帝的保佑下，讓身體放鬆，就能增加信心，更何況，我們都處於同樣的環境之中，一定會有辦法的。

只是，以你的案例來看，你的『屏障』，也就是血肉之軀的屏障有些微損壞，因此影像與聲音穿透進來。我們一定要開始進入下一個階段，你一定要有勇氣。今晚，我會仔細想想整件事。」

「你真是太好心了，醫生，感謝你認為我的病例值得一試，你並未完全放棄我；可是，醫生，你有所不知，那怪物已經開始控制我了；牠像暴君一樣指使我，我越來越感無助！願上帝救贖我！」

「牠指使你，是以言語下達命令嗎？」

「沒錯，就是這樣！牠不斷要我犯罪、去傷害他人或自己。醫生，你看，我現在的情況十萬火急。幾星期前，我還在施洛普郡（詹寧牧師講這段話的語氣十分急促，一手緊抓著我的手，兩眼直視我的臉，不斷地顫抖），當時我正與一群朋友外出散步，那個迫害我的怪物也來湊熱鬧。

我走在其他人後面，來到接近迪村的鄉下，那兒的景色十分秀麗。我們恰巧經過一處煤礦場，樹林邊有座豎井，據說有一百五十英尺深。我姪女一直走在我身後，當然，她對我承受的苦難一無所知，只知道我一直為疾病所苦，而且情緒十分低落，因此她盡可能不讓我獨處。正當我們緩緩漫步時，那個野獸突然逼我往井裡跳。

天啊！醫生，你想想當時的情況！讓我免於一死的原因，是我想到不該讓姪女目睹這可怕的自殺過程，對那可憐的女孩來說，太難以承受了！後來，我要她繼續往前與朋友走在一起，我告訴她，我再也走不動了。她卻不斷找藉口要陪在我身邊，我越是要她離開，她就越想留下來。

她臉上出現懷疑與恐懼的神色。我想可能是我的模樣或行為舉止有不對勁的地方，引起她的警覺心；可是，她執意不肯離開反而救了我。醫生，你一定不知道當人類淪為撒旦的奴隸時，有多麼悲慘！」詹寧牧師說著，伴隨一陣令人不寒而慄的呻吟與顫慄。

一陣靜默後，我說：「不過，你終究毫髮無傷，這都是上帝的恩典。你在萬能上帝的保護下，肯定不會受到任何事物的影響，所以你要對未來有信心。」

10 家

離開前，我要他點燃蠟燭，整個房間才因為燭光而顯得較為明亮、有人氣。我告訴他，儘管有些輕微的心理因素影響，但還是要將自己的疾病想成是身體上的不適。

我還說，從他方才的話中充分證明他蒙受上帝的恩澤與關愛，但教我難過的是，他似乎認為這件事說明自己已被上帝遺棄。我不斷告訴他絕無此事，甚至剛好相反，他在施洛普郡郊遊卻奇蹟似地化解危機，那就是上帝救贖的證明。首先，他姪女在受到反對的情況下仍堅持陪伴在他身邊；其次，他在姪女在場時，還有理智不願做出可怕的事。

當我舉出這些例子後，詹寧牧師卻哭了出來。看來，他似乎得到了安慰。我向他保證，一旦那怪物又出現，我一定會立刻趕來；最後，我再三保證絕對會專心一致、心無旁騖、徹底研究他的案例，明天，我就會告訴他診斷結果。之後我便告辭離開。

在上馬車前，我向他的僕人表明：詹寧牧師目前的健康狀況十分不良，請他經常去房裡查看。

當晚我安排自己待在完全不受干擾的環境。

我只在住宿的地方短暫停留，便立刻帶著旅用書桌與被毯，搭乘租來的馬車前往離城兩英里遠的小旅館「大角」，那是個有著厚實圍牆、非常安靜舒適的旅館，可以杜絕任何的打擾與分心，我決心在那裡花上幾個小時的時間、甚至熬個通宵也行，好好思考詹寧牧師的病例。

（在這段話之後，赫希里斯醫生依照慣例，針對這起病例擬了一份詳細的筆記，包括生活習慣、飲食建議與處方。這份筆記十分奇怪，有些人甚至會認為神祕兮兮的。可是，整體而言，我還是懷疑讀者是否會對這份筆記的內容產生興趣，而值得我轉錄在此。整封信都是赫希里斯醫生在下榻的旅館所寫。接下來的這封信則是他在城郊的寄宿處寫的。）

九點半時，我離開昨晚下榻的小旅館進城去，直到下午一點才回到住宅。我在書桌上發現一封詹寧牧師的親筆信，這封信不是由郵差送來，詢問過後，才得知是由詹寧牧師的僕人親自帶過來的，家僕告訴對方我今天才會回來，而且無法得知我的落腳處，因此對方顯得十分不安，還說詹寧牧師命令他，苦沒有得到回音絕不能回去。

我拆開信閱讀：

親愛的赫希里斯醫生，牠又出現了！在你離開不到一個小時的時間，牠就再度現身。現在牠開口說話了。牠還知道我們之間發生的一切事情。牠什麼都知道，牠甚至知道你，而且牠暴跳如雷，還不斷辱罵我。甚至連我現在交給你的這封信，我寫下的一字一句牠都清清楚楚。雖然我可跟你保證這是我寫的信，但我十分困惑、而且無法寫下連貫的內容。我現在不斷被打擾、心緒一團混亂。

羅伯特・林德・詹寧　敬上

「這封信什麼時候到的？」我詢問家僕。

「昨晚十一點左右，帶信來的男人後來又來了一次，今天總共來了三次。最近一次大概是一個小時前。」

聽完家僕的回答後，我將記錄詹寧牧師病例的處方塞進口袋裡，火速前往里奇蒙，去見詹寧牧師。

你也看得出來，我對詹寧牧師的病並未絕望。雖然方式錯誤，但他的確記住並應用我那本探討此類病例的《超自然醫學》所提到的準則。我也打算要認真地實際應用那本書。我非常急切渴望能在「敵人」在場時看看他，檢查他的情況。

我搭乘馬車來到那間陰暗的屋子，急忙跑上樓去敲門。門很快被打開，但開門的竟是一位穿著黑絲緞衣裳的高挑女人。她的臉色十分難看，像剛剛哭過。她向我致意，聽完我的來意後默不作聲地別過頭，手指著兩位正從樓上下來的男子，不發一語地將我引向那兩位男子，然後快速衝入旁邊的房裡，關上了門。

我馬上走向離大廳最近的男子，一走近卻驚訝發現他的雙手滿是鮮血。

我嚇得往後退，一位正走下樓的男人，以低沉的音調開口說：「他是這裡的僕人，先生。」

那名僕人在樓梯上停下腳步，困惑而沉默地看著我。他正用手帕擦拭雙手的鮮血。

「瓊斯，怎麼了？發生什麼事？」一股不祥的預感襲來，我趕緊問道。

瓊斯要我跟他一起到樓上的廳堂，他眉頭深鎖、臉色蒼白、緊瞇著眼，告訴我一件我約略猜出的恐怖事件。

他的主人——詹寧牧師自殺了。

我與他一同上樓——請恕我略去接下來所看到的景象。詹寧牧師以剃刀割斷了自己的喉嚨，傷口十分嚇人。那兩名僕人已將他安置在床上。

從地板那一大灘血跡來看，出事地點應該是在床鋪與窗戶之間。詹寧牧師的床邊與

梳妝台下皆鋪有地毯，其他地方則沒有，因為他曾說過自己不喜歡房裡有地毯。在這陰暗、現在又顯得恐怖的房間裡，有一棵包圍著房子的榆樹，粗大的枝葉投影在房間的地板上，黑影緩緩移動著。

我向那位僕人示意，然後一起下樓。我離開大廳來到一間老式的房間，站在那兒，聽他敘說一切。

「醫生，打從你昨晚離開後，從你交代的話裡與表情中，我猜想你認為主人的病況嚴重。我想，你可能擔心他的病突然發作或有什麼意外，所以我謹遵指示。

昨晚主人一直到午夜三點才睡。他沒有在看書或寫東西，只是一直喃喃自語，不過我對他這模樣也早已見怪不怪。我大約就在那個時候幫他寬衣，換上睡衣與拖鞋。半小時後，我又悄悄回到他的房裡。他赤裸地躺在床上，床旁的桌上點著兩盞燭火。他靠在手肘上，看著我剛剛進房那一側的床。我問他是否需要任何東西，但他說不用。

不知道是因為你說的話，還是主人真的有點不對勁，總之昨晚我就是心神不寧，對他感到異常不安。

又過了半小時，或者更長一點的時間，我又上樓查看。這次我沒有聽見他像先前那樣喃喃自語。我稍微打開房門，兩盞燭火都滅了，這點十分奇怪。我將手上的蠟燭往屋裡照，安靜張望四處。

我看見他已經穿好衣服坐在梳妝台旁的椅子上，他轉過身來看我，雖然我不懂他為何要起床穿上衣服、還將蠟燭吹熄，坐在一片黑暗裡。不過，我只問他有沒有什麼需要幫忙？

詹寧牧師口氣十分尖銳地說：『不用了。』

我又問需不需要點上蠟燭，詹寧牧師又說：

『隨便你，瓊斯。』

於是我將蠟燭點燃，在房裡查看了一下，他又接著說：

『瓊斯，老實告訴我，你為什麼又上來了，你聽到有誰在罵人嗎？』

『沒有，先生。』我回答，但我不懂他的意思。

『沒有，當然沒有。』詹寧牧師重複著我的話。

然後我又對他說：『先生，你是否該上床歇息？現在不過才早上五點。』

他沒說什麼，只說：『要睡了，晚安，瓊斯。』

於是我便離開了，可是不到一小時我又上樓。這次房門被鎖上，他聽到我的聲音後，從床上詢問我要做什麼，並要求我不要再進房打擾他。於是我只好回去再睡了一會兒。

早上六、七點左右，我又上樓查看。房門依舊緊鎖，但這次他沒有回答，我想他應該睡著了，便不想打擾他，直到早上九點我又去看他。通常，當他需要我時，他都會搖

鈴叫喚我，而我也沒有固定叫他起床的時間。我踮著腳尖走到房門口，依舊沒有回應，於是我在門外待了一會兒，以為他還在休息。

直到早上十一點我才開始覺得不安——因為在我的記憶中，他從未超過十點半起床。可是儘管我敲門叫喚，卻沒有回音。我無法撞破房門，便請在馬房工作的湯瑪斯過來幫忙，結果就發現了你方才所見的可怕景象。」

瓊斯已經將該說的話都說完了。詹寧牧師是非常溫和仁慈的人，所有的僕人都很喜歡他。我看得出這位僕人深受打擊。

因此，在沮喪激動的心情下，我離開那間可怕的屋子、走出被榆樹包覆而形成的陰暗頂篷，希望自己永遠不要再回來。

當我寫信給你時，我的心情就像才剛從一個恐怖而單調的夢境中醒來。我的腦袋極不願意面對那些可怕的景象，但我知道一切都是真的。這是一個描述使用毒品過程的故事，而這種毒品會對精神與神經產生交互作用，痲痺組織，並分隔外在與內在的感官能力，因此才會出現那種奇怪的東西，讓人類的肉體與靈魂提早相見。

11 尾聲——給所有患者的話

我親愛的范盧博士，你也有類似的病症。你曾經兩度抱怨某個奇怪東西又回來騷擾你了。

在上帝的恩澤下，到底是誰治癒了你？是你謙虛的僕人——赫希里斯。讓我套用三百年前某位法國醫生的話：「我治療你，但上帝治癒你。」

來吧，我的朋友，別再鬱鬱寡歡，讓我告訴你一個事實。

如同我在書中記載的一樣，我曾經遇過並且治療過五十七個幻想症患者，每個病例特徵又再細分為「昇華作用[1]」、「前意識[2]」與「內在」等精神層次。

還有另一種疾病類型則稱為幽靈幻象[3]，雖然常容易與其他病症混淆，但這些病症，我認為都不會比感冒或輕微的消化不良棘手。

但這樣的病症卻需要我們當機立斷的處理。我遇到的五十七個病例中，治療失敗的個案有多少個呢？一個也沒有。

只要一點耐心及對醫學的信賴，絕對可以輕易減緩身體所承受的痛苦。抱持這樣的信念，我絕對相信有治癒的可能。

你應該記得，關於詹寧牧師的案子，我甚至連開始治療的機會都沒有。我有絕對的信心，可以在十八個月至兩年的時間裡治好他的病。只要是專業的醫生，願意花費時間與精力在這樣的疾病上，一定可以戰勝疾病。

你知道我寫過一本《大腦主要功能》的小冊子。在那本書中，從無數病例中證明我的主張：動脈與靜脈的循環會透過神經來進行傳輸，這種說法的確具有高度的可能。在這樣的機制下，大腦就等同於心臟。這些液體透過一組神經傳導出去，改變型態後再由另一組神經傳導回來，而這種液體的本質是精神上的，但還是有像我先前提到的形體，是類似光或電的型態。

人們以各種方式濫用這些神經的媒介，像是習慣性地飲用綠茶，便是其中一種，導致液體的本質受到影響，但最常見的是影響到它的平衡。這種液體普遍存在於每個人的精神中，充斥在大腦或神經裡，與其他內部感官相互連結，形成與外界不當接觸的表面，

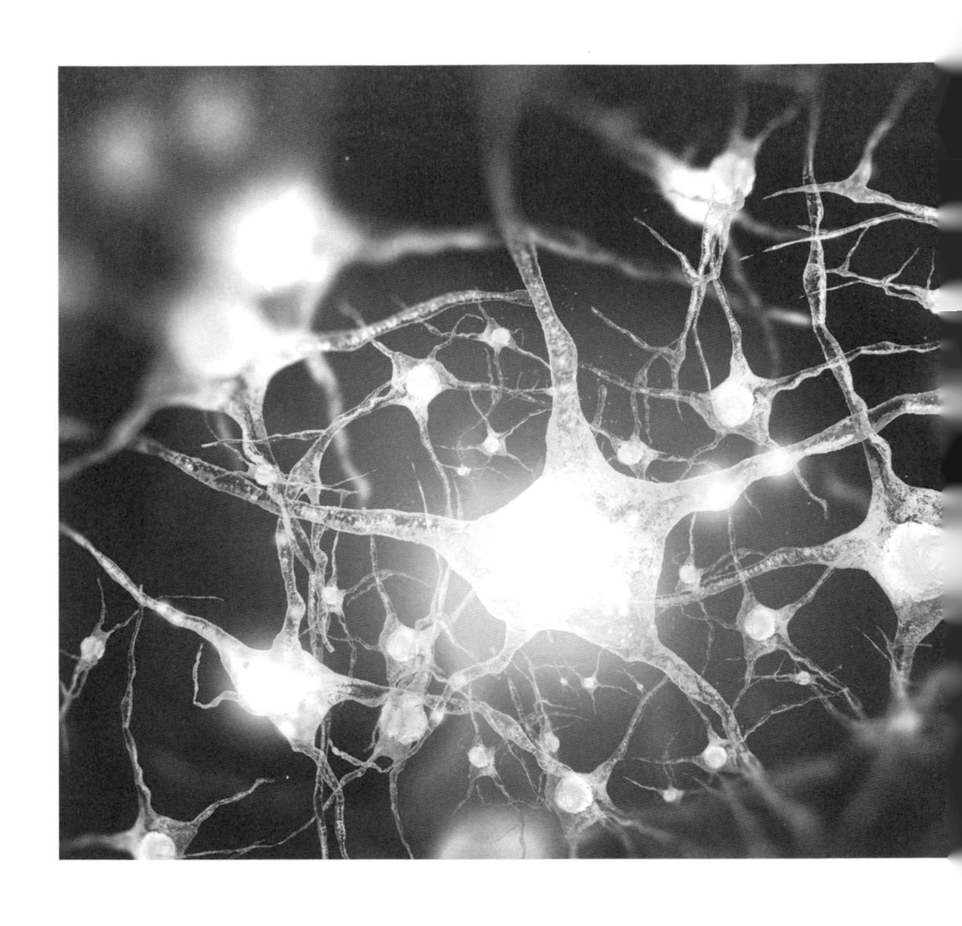

因此產生了一種脫離現實的靈體：如此建立起某種交流。大腦循環與心臟循環有密切的共鳴作用，而負責接收外界事物的器官就是眼睛。但負責內在視界的，則是神經組織與大腦，就在眉毛附近或上方。

你應該還記得我利用冰鎮的古龍水，輕易消除你所看見的幻象。然而，卻很少有病例能像這樣輕鬆快速的解決。感冒是一種會大量阻礙神經液體的疾病，甚至，當感冒的時間夠久，還會產生永久性的無知覺狀態，我們稱之為麻木；再久一些，肌肉就會像感覺一樣痲痺。

我再此重申，我一直認為應該在第一時間就關閉詹寧牧師不小心開啟的內在視界。當人類罹患因酒精中毒引起的震顫性譫妄症[4]時，也會出現同樣的視界，但是當大腦運作太過頻繁時，則會再度關閉，而且會因為身體狀態的改變而終止神經的大量充血現象。方法是持續對身體進行某種簡單的治療，便可收到成效——而且一定會有效果——截至目前為止我還沒有失敗過。

可憐的詹寧牧師結束了自己的生命。但他的不幸卻是由另一種疾病所造成，並將這種疾病投射成某種已知的疾病。他的病例是特殊的行為偏差，而造成他身體不適，幾乎要擊潰他的就是遺傳性自殺傾向。我不能說可憐的詹寧牧師是我的病人，因為我甚至還未幫他治療，而我也相信，他對我也還未產生完全無保留的信賴。如果病人不認為自己病入膏肓、無可救藥，那麼，就一定有治癒的可能。

---

1 Sublimation，將不符合社會規範的動機、欲望加以改變，以較高境界且正向的方式表現出來。

2 Precocious，介於意識和潛意識之間，是人們無意識中可召回的部分。

3 是指看到鬼魂或幽靈之類的幻覺。

4 Delirium tremens，酒癮患者戒酒後，常在第一天出現失眠、緊張、渴望再喝酒等症狀，並伴有心跳加快、呼吸急促、手抖、冒汗等交感神經功能亢奮的現象，有些還會出現幻覺、癲癇，更嚴重者甚至出現神智不清、焦躁不安、胡言亂語等所謂「震顫性譫妄」的症狀，若不加以治療，約有百分之二十的患者會衰竭而死。

哨聲
Oh, Whistle, and I'll Come to You, My Lad

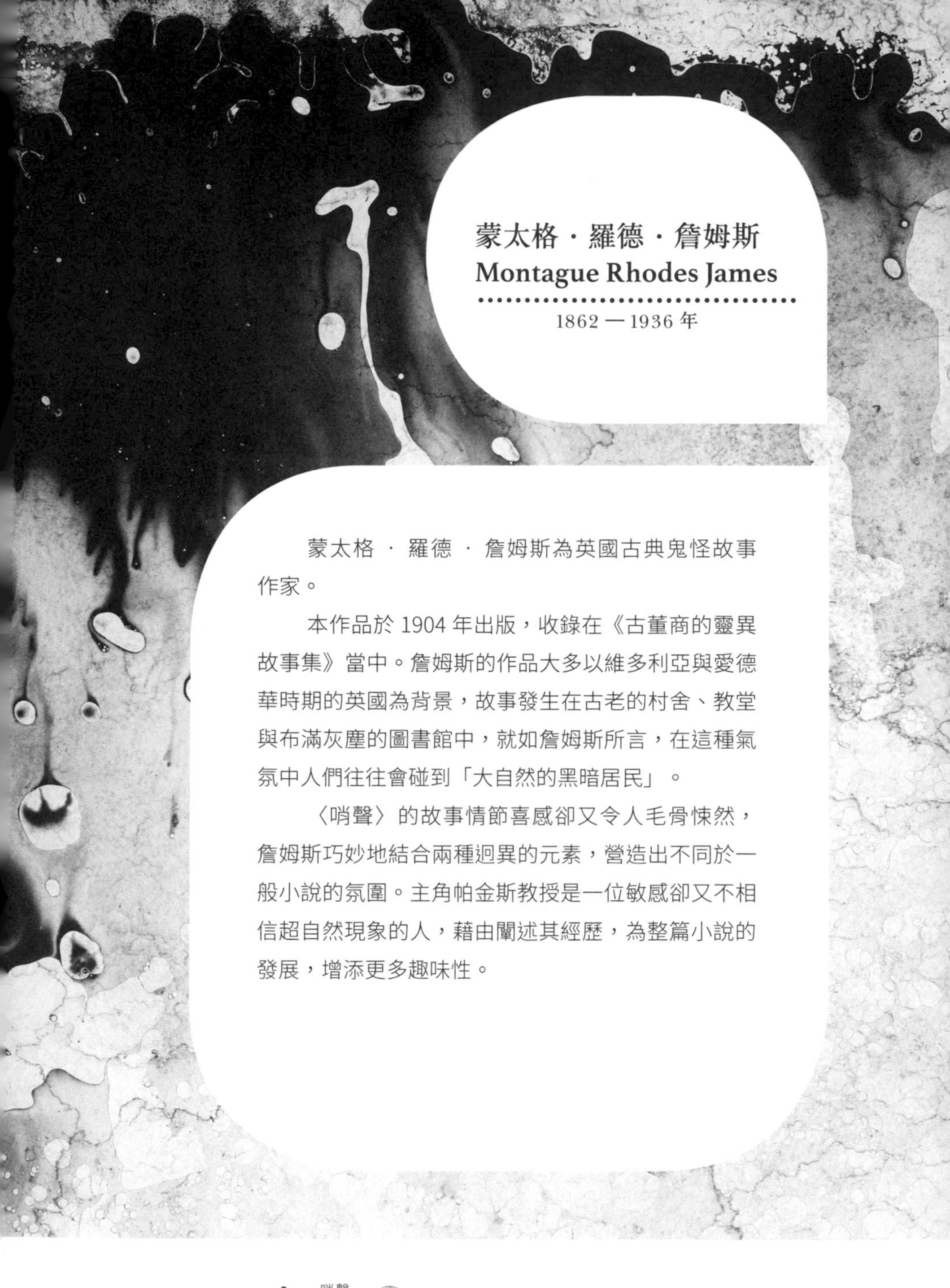

蒙太格・羅德・詹姆斯
Montague Rhodes James

1862 — 1936 年

蒙太格 · 羅德 · 詹姆斯為英國古典鬼怪故事作家。

本作品於 1904 年出版，收錄在《古董商的靈異故事集》當中。詹姆斯的作品大多以維多利亞與愛德華時期的英國為背景，故事發生在古老的村舍、教堂與布滿灰塵的圖書館中，就如詹姆斯所言，在這種氣氛中人們往往會碰到「大自然的黑暗居民」。

〈哨聲〉的故事情節喜感卻又令人毛骨悚然，詹姆斯巧妙地結合兩種迥異的元素，營造出不同於一般小說的氛圍。主角帕金斯教授是一位敏感卻又不相信超自然現象的人，藉由闡述其經歷，為整篇小說的發展，增添更多趣味性。

「教授，學期結束了，我想，您應該很快就會離開吧！」某位學者對一位存在學教授這麼說道。不久，他們來到聖詹姆斯學院大廳舉辦的宴席並肩而坐。

「對，」這位教授十分年輕、優秀、說話非常嚴謹。「朋友一直要我接受高爾夫球挑戰，所以我計畫去東岸——事實上是到伯恩司托（我敢說你一定知道那裡）——待上十天、一星期，好好鍛鍊球技，希望明天能走得開。」

「喔！帕金斯，」坐在另一側的學者插嘴道：「如果你打算到伯恩司托，希望你順道看看聖殿騎士教堂的遺址，再告訴我，那兒值不值得在夏天去進行考古。」

沒錯，你可能已經猜到，說話的人正是一位考古學者，不過，既然這人只出現在故事的開頭，就無須再多作介紹。

「當然好啊！」帕金斯教授爽快答應。「若你能告訴我遺址座落的地點，歸來之時，我一定儘量告知那裡的詳細情況；或者，你告訴我落腳處，我可以先寫信告知。」

「謝謝！毋須麻煩。我只是想在假日帶家人到長區走走，正巧想到很少有英國聖殿騎士教堂的研究計畫，想趁此機會做些有意義的事。」

帕金斯教授對於「將聖殿騎士教堂的研究計畫稱作有意義的事」相當嗤之以鼻。那位學者又繼續道：「那個遺址——我不確定地面上是否看得出來——你也知道，海水會沿著海岸，一點一滴嚴重侵蝕土地，所以現在應該埋在靠海邊的地底。從地圖上來看，大約離環球旅館四分之三英里遠，位在小鎮的北邊，你這趟旅行會投宿那裡嗎？」

「事實上，我要住的正是環球旅館。」帕金斯開口說道：「我訂房了，大部分的旅館冬天歇業，因此沒得選擇。旅館的人還告訴我，這種時節只能訂到有兩張床的雙人房，而且飯店也沒有空間來收納多餘的另一張空床，雖然我不喜歡房裡有空床——更別說是兩張床——因為大部分時間我都在練習高爾夫球，在那裡小睡片刻的時間很短；不過，我的確需要一間大房間，因為我打算帶一些書，可以完成一部分工作。」

「帕金斯，你房裡多了一張床，而你卻只小睡片刻？」對面突然有人粗魯地插嘴：「不然，我也去小住幾天，算是與你作伴。」

教授聽了很緊張，但還是勉強擠出一絲禮貌性微笑。

「當然可以，這主意不錯。不過，我怕你會無聊，你不是不打高爾夫球嗎？」

「對啊！我敬謝不敏。」魯莽的羅傑說道。

「所以我才說怕你無聊，因為我若不是寫作，就一定是上球場打球。」

「這我倒不知道！不過那裡一定有些我認識的人吧！當然囉，如果你不希望我去，就說一聲吧！我不會覺得被冒犯，就像你常說的，真話永不逆耳。」

帕金斯教授是個審慎有禮、誠實守信的人。但令人害怕的是，羅傑有時候會利用這些人格特質。此刻，帕金斯內心正在天人交戰，無法立刻回話，好不容易他才說出：「好吧！如果你一定要聽真話，我在想那間房間是否真的大到足以讓我們兩人都舒舒服服地住宿，以及（是你逼我，我才這麼說的）你應該會妨礙我工作。」

羅傑聽了大笑不已。

「說得好，帕金斯！」羅傑笑道：「沒關係！我保證不打擾你工作，這點你不用擔心。如果你不希望我去，我就不去，我只是好意想幫你將鬼趕跑。」說到這裡，似乎有人看見他用手肘撞了旁邊的人一下，擠眉弄眼的，而帕金斯好像也羞紅了臉。

「抱歉，帕金斯。」羅傑繼續說：「我真不該這麼說，我忘了你不喜歡有人亂開這種玩笑。」

「好吧！既然你這麼說，我就大方承認，站在我的立場的確不喜歡隨便談論你所提到的鬼，」帕金斯略揚聲調說道：「我對信仰抱持著比較謹慎的態度，我想你應該了解，我從未掩飾個人觀點……」

「老兄，你當然沒有。」羅傑輕聲道。

「……我認為接受這些假象，等於放棄我長期神聖的信仰，不過好像一直沒能讓你了解。」

「你真的像布林伯博士所講的，總是那麼一絲不苟。」羅傑極欲確認自己的想法，於是打斷帕金斯的話。「帕金斯，對不起，打斷你的話。」

「沒關係！」帕金斯說：「我不記得什麼布林伯，或許他是上一個世紀的人，不過不用多說，我想你知道我的意思。」

「是，是，」羅傑不耐煩地說：「就這樣吧！等到了伯恩司托或其他地方再詳談。」

我試著描繪上述這段對話最令我印象深刻的地方……帕金斯有些地方就像老太婆一樣……在某些小地方像母雞一樣執著，毫無幽默感，但對自己的信念卻如此大膽、真摯，絕對是位值得敬重者。雖然我不知道讀者是否感受到這些特質，不過這就是帕金斯的個性。

第二天，就如帕金斯所預期，他離開校園抵達伯恩司托，受到環球旅館誠摯歡迎。在剛剛提及的那間寬敞的雙人房裡安頓好，並在就寢前將所有工作文件井然有序地排在房間外側的大桌子上。房間三面臨窗可眺望海岸；中間窗戶直接面對海洋，左右兩扇窗戶分別可以瞧見南北海岸的景色。往南可以看見伯恩司托村，往北可望見一望無際的海灘與矮礁，毫無人煙，正中央望去則是一片光禿禿的景致——貧脊的草地，散布著老舊的鐵錨、絞盤等物品，再往前就是一條寬廣的馬路，然後才是海灘。除去中間的障礙物，環球旅館與海灘間的距離不會超過六十碼。

投宿在環球旅館的人大部分是高爾夫球友，也包括少數特定族群，其中最醒目的就是那群來自倫敦古軍事協會的幹事，他們低沉的聲音強而有力，想法更是明顯的新教徒風格，在這些傾向執行儀式的教區牧師身上不難發現，他們個個都是極重道統的人，出於對東盎格魯傳統的敬意，竭力將這些儀式代代流傳。

帕金斯教授個性的首要特質就是有膽量，在抵達伯恩司托的第二天，他便與威爾斯上校進行球技訓練，當天下午……不確定是否因為訓練過程被責備……上校竟然風度全失，連帕金斯都深感不齒，完全不想與他同行從球場走回旅館。帕金斯偷瞄了上校吹鬍子瞪眼、面紅耳赤的模樣後，決定先讓茶與菸草發揮該有的功效，消消上校的火氣，等晚餐時間不得不碰面時再說。

「今晚就沿著海灘散步回旅館吧！」帕金斯心想：「順便看看——光線應該還夠亮——迪士尼提的那個廢墟，雖然不知道確切的地點，但說不定會恰巧遇到。」

在最清醒的狀態下，帕金斯通過一條遍布大石塊與金雀花的道路，從球場走向鵝卵石灘。當他好不容易上岸、從那個環境脫身後，發現自己來到一片凹凸不平的土地，上面滿是小窪地與小土墩。上前檢視後，才發現這些長滿野草的土墩，都是埋在灰泥裡的打火石，當下帕金斯確定自己誤打誤撞，已經來到當初承諾要探訪的聖殿騎士教堂。

像是為了回饋探勘者的苦心一般，這裡留下許多埋藏不深的建築物地基，到處可見大量的遺跡。他依稀記得這些遺跡的主人——聖殿騎士——習慣建造圓形教堂，身旁出現這些隆起物或土墩，看起來也頗像圓形排列。在這種情況下，即便是超出自己所長，也很少有人能忍住誘惑，不對這些遺跡進行業餘研究，說不定認真研究，就可以驕傲地對外展示成果。然而我們這位教授如果有同樣的欲望，也是出於迫不及待想幫助迪士尼先生的那份心意。帕金斯小心地在剛發現的圓形遺址上，以腳掌長度計算距離，並在隨身攜帶的小冊子上記下大略尺寸，之後，又繼續檢查圓形中央偏東方的矩形高地，他認為這應該是某個舞台或祭壇的底座。底座北端，有一小塊草皮不見了——應該是被某人或某種野獸刨過。

帕金斯心想，最好也檢測此地的土質，作為有過石造建築的證明，於是拿出一把小刀，刮去地面泥土。現在，又有了另一個發現，當他刮除泥土時，有些塵土往下掉落，露出一個小坑洞，他點燃一根又一根的火柴，想看清楚這個洞到底是什麼，無奈強勁的風卻將火柴一一吹熄。儘管小刀在洞的四周又敲又刮，頂多只能判斷這是石造建築的人為坑洞。

這個洞穴呈方形，雖然沒有塗上一層厚厚的灰泥，但側邊、頂端、底部都呈現光滑平整的外觀。帕金斯心想，洞裡一定是空的！正當收回小刀時，突然聽到金屬敲擊的叮噹聲，他將手伸進洞裡，在平整的底部摸到一個圓筒型的物體，順手拾起，就著正迅速消失的光線端詳，看得出來這也是人造物品——大約是四英寸長的金屬管狀物，年代顯然頗為久遠。

就在帕金斯認定這個奇怪的東西毫無特別之處時，天色已晚、而且相當昏暗，無法再作更進一步研究。到目前為止，他發現一切遠比想像有趣，因此決定明天犧牲一些白天的時間以作考古調查之用，至於那個正在口袋裡的小東西，他想一定或多或少有某些價值吧！

啟程返回旅館前，他再度看了遺址一眼，那真是個荒涼又莊嚴的地方！西邊一道昏黃的光照亮球場，可以看見寥寥幾個人影正往俱樂部的方向移動，以及蹲踞一方的圓形砲塔、阿得西村的燈火、如緞帶般蜿蜒的沙灘，間隔夾雜幾道黑色防波堤，以及黑暗中喃喃自語的大海。在返回環球旅館途中，寒冷的北風不停吹拂著他的背。

帕金斯忙亂急促地穿過鵝卵石灘、終於來到沙灘，每走幾碼就得越過一道防波堤，還好一路行來平安無事。他又回頭望了最後一眼，估算此刻與聖殿騎士教堂遺址的距離，卻發現遠方有道人影走在同一條路上，輪廓十分模糊，對方似乎想努力趕上他，卻好像沒什麼進展，因為對方看起來像在跑步，卻始終與帕金斯保持一段距離。帕金斯心想，既然不認識對方，如果停下來等他追上來豈不荒謬；不過，隨即又想，在這片孤寂的海灘上，如果能自己選擇同伴，有個伴也不錯。

在過去那段無知的歲月裡，帕金斯曾讀過在這種地方發生的奇遇，不過他現在連想都不敢想。然而，回到旅館之前，腦海卻自然浮現那些故事，尤其是一則在孩提時代引發最多幻想的故事。「我在夢裡看見一個基督徒走後，遇上一個渾身髒兮兮的魔鬼，穿過田野來迎接他。」

「現在該怎麼辦？」帕金斯心想：「萬一回頭看見昏黃的天空下，清楚襯著一道漆黑的身影，結果那影子有角、有翅膀？我到底該站著不動、還是拔腿快跑。還好，身後那位先生不是魔鬼，我們之間的距離與剛開始一樣，這樣看來，我應該可以比他早回到飯店用晚餐；喔，天啊，距離晚餐的時間，剩下不到十五分鐘，我得跑回去！」

事實上，帕金斯只有極短的時間更衣。當他晚餐遇見上校時，上校已恢復原有的紳士風度——或者說這是上校努力克制的成果；但晚餐後的橋牌遊戲卻又讓上校失去風度，因為帕金斯可說是相當高明的玩家。

十二點左右，帕金斯準備回房就寢，他覺得今晚十分愜意，也認為這樣愉快的生活，可以持續兩到三個星期——帕金斯心想：「如果球技能夠繼續進步的話，那就更好了。」

在回寢室的走道上，碰巧遇見旅館裡擦鞋的服務生，服務生停下腳步對帕金斯說道：「先生，很抱歉，剛剛幫您清理外套時，從口袋裡掉出了某樣管狀物品，我將它放到您房裡五斗櫃的抽屜中，您可以在裡面找到它。晚安，先生。」

這段小插曲讓帕金斯想起今晚的小發現，在好奇心的驅使下，他拿出那樣物品，在燭火邊反覆端詳。現在可以看出這東西是青銅製的，形狀非常近似現在的哨子；沒錯，這一定是哨子。帕金斯將哨子放在嘴邊，發現上頭充滿細小、結塊的沙粒與塵土，敲打一番後仍無法脫去上頭的塵土，得用刀子才能除去。帕金斯生性愛好乾淨，在一張紙上清出所有的塵土，然後才將紙片拿出窗外清乾淨。

今晚夜空十分宜人、能見度又好，當他打開上栓的窗戶時，在窗邊停了一會兒，欣賞遠方的海洋，這時他發現有個流浪漢站在旅館前的海灘上。關上窗戶，帕金斯心裡有些意外，這麼晚了居然還有人留在伯恩司托，他帶著疑惑又將哨子拿到燈下。咦？上頭竟然有記號，噢，不是記號，是文字！稍微擦拭後，哨子上露出刻得極深且清晰易辨的文字，但幾經思索，帕金斯教授也不得不承認，那文字的意義就像是留給伯沙撒的牆上文字一樣晦澀難懂[1]。哨子前後都刻有文字，其中一面寫著：

FLA
FUR BIS
FLE

另一面則是：

卐 QUIS EST ISTE QUI VENIT 卐

「我應該查得出來，」帕金斯自言自語：「不過，我的拉丁文好些年沒碰了。甚至忘記哨子的拉丁文該怎麼說。哨子上那則較長的刻文比較簡單，應該是說：『這是誰？來者是誰？』好吧！要知道是誰，最好的方法就是為他吹哨子。」

帕金斯試驗性地吹起哨子，卻突然停下來，對剛剛吹出的哨聲感到又驚又喜，那哨聲有著曠遠的特質，卻又溫柔動聽，剛剛周遭數英里內一定都聽得見哨聲，同時，哨聲似乎具有某種力量（就像許多氣味具有的力量）可以在腦海裡構成某些畫面。有那麼一會兒，可以清楚看見某處寬廣的空地、一片黑夜裡出現的曠野，清風吹拂著，但空地中央卻站著一道寂寞的身影——他不知道那道影子在做什麼。若非一陣突如其來的風從敞開的窗戶吹進來，打斷他的吹奏，惹得他抬頭察看，正巧看見漆黑的長窗外，海鷗的翅膀反射出白光的話，他一定可以看到更多景象。那迷人的哨聲誘得他禁不住再度吹起，這次比方才更大膽，吹得更大聲，但重複的吹奏卻破壞幻象的出現——雖然帕金斯希望能再度瞧見，但腦海裡卻未出現任何景象。

「啊，到底怎麼回事？天啊！怎麼可能幾分鐘內就颳起這麼大的風！好大一陣風！窗戶扣環根本就沒用！啊！我就知道——蠟燭全熄了，風大得幾乎要將房子拆了！」

眼下最重要的是將窗戶關緊，帕金斯正在跟那扇小窗戶搏鬥，風力非常強，他覺得自己像是使勁要推開強盜一般，突然間風又變小。「砰！」窗戶自個兒關上並落了栓。他重新點燃蠟燭，檢視屋內是否有任何損失，不過一切看來完好如初，甚至連窗戶玻璃都沒破。但剛剛那些聲響卻吵醒其他的住戶，他聽見上校穿了襪子的腳，在樓上踱步、怒罵的聲音。

雖然風颳得很快，卻沒有馬上消失。呼呼風聲，快速颳過房屋，偶爾發出幾聲淒涼

呼嘯，就像帕金斯曾說的，這會讓喜歡幻想的人感到不安，就連毫無想像力的人，處在這種情況下，也會希望風平浪靜。

帕金斯無法確定究竟是風、是打高爾夫球的興奮、還是下午在聖殿騎士教堂的發現令他睡不著覺，失眠使他有充分的時間胡思亂想（恐怕我在這樣的情況下也會如此），幻想自己是所有致命動亂的受害者：他躺在床上計算心跳的次數，以為可能隨時罷工停擺，還幻想自己的肺臟、大腦、肝臟等器官出現大毛病──他確定這些幻想天一亮就會煙消雲散，但天亮前，肯定不會被擱置一旁。想到同病相憐的還有別人，算是給自己一些安慰。因為附近的房客（在這樣的夜裡，很難斷定是哪個方向）也應該在床上輾轉難眠吧！

帕金斯閉上雙眼，決定把握任何可能入睡的機會。但過於興奮的情緒卻以不同的形式再次出現──他開始在腦中編織畫面。當閉上雙眼睡覺時，會看到許多景象，偏偏那些景象又不合他的意，害得帕金斯不時張開眼睛驅散那些畫面。

帕金斯現在的情況讓他特別痛苦，他發現眼前的景象有持續性，當他張開眼睛，畫面就消失不見，可是一閉上雙眼，畫面又再次活靈活現地出現，不疾不徐、與上次的步調相同。他看到這般景象：

眼前是一道長長的海灘……到處是鵝卵石，每隔一小段距離就有一道黑色防波堤，

一直築到海裡……這樣的景象，與下午走過的地方非常類似，但其間卻沒有任何路標，無法判定究竟在哪裡。這是冬日的黃昏，下著微寒的雨，光線十分模糊黯淡，空氣中傳來暴風雨來臨前的氣氛，這一片荒涼的場景，一開始沒有人影，但後來，遠方出現一個上下晃動的黑色物體，過一會兒，可以看出那是一個男人在跑步、跳躍、攀爬那些防波堤，每隔幾秒就急切地往回看。那人跑得越近，就越看出他非但緊張、而且非常恐懼，可是他的臉依然模糊不清，看來似乎快耗盡所有力氣，他不斷往前跑，但接踵而來的障礙似乎比前一個更難跨越。

「他能通過下一道防波堤嗎？」帕金斯心想：「這道防波堤似乎比先前幾道高！」。真是太棒了，那個人或爬或拋地終於將自己丟入防波堤的另一側（靠近旁觀者這一側）的沙堆上，好像力氣用盡再也站不起來，一直蹲伏在防波堤下，憂心忡忡地抬頭看。

到目前為止，還看不出跑者如此害怕的原因，可是帕金斯又看見海灘的遙遠處，有個小小的、淡色、忽隱忽現的物體前後移動，動作十分迅速且不規則。隨後那個物體急速膨脹，變成像某種被閃動的白布幔所包裹、形狀難辨的物體，這物體的某些動作讓帕金斯實在不願近看，它會停止、舉起雙手、朝沙灘彎腰行禮、然後彎著身子跑過海灘臨海處，再回到原地；還會再度打直身體，以極為驚恐的速度重複同樣的動作，終於距離跑者藏身的防波堤只剩幾碼，這物體經過兩、三次胡亂衝刺後，終於停下來，身體直挺挺的，高舉雙手，筆直地朝防波堤衝去。

帕金斯每次都在這裡睜開雙眼，最後因為擔心視力衰退、用腦過度，他終於放棄睡眠，起身點燃蠟燭、拿出書本，準備度過這個失眠的夜晚。他不想再被不斷重複的畫面折磨，那些清楚的畫面，或許只是今天下午走的那段路、還有想到那些事所殘留的病態反射。

劃火柴盒的聲音與燭火的光亮，驚醒夜裡出沒的某些生物……他聽到床的那一側，

出現像是老鼠之類的動物急忙在地板上逃竄，發出的窸窸窣窣的聲音。啊！火柴熄了！真糟糕！第二根順利點燃蠟燭，帕金斯拿起書本專心閱讀，沒多久便昏昏欲睡了。在他一貫規律而謹慎的生活中，這是第一次忘了吹熄蠟燭就睡著的，第二天一早八點，當他被叫醒時，蠟燭還殘存著一絲微弱的火光，蠟油流滿了小小的桌面。

用完早餐，帕金斯回到房裡為一身高爾夫球裝扮做最後的點綴——命運再次安排上校成為他的球伴——這時有一位女服務生走進來。

「先生，」女服務生開口問道：「您床上需要多一條毛毯嗎？」

「天氣開始變冷了，」帕金斯欣然答道：「再幫我多加一條毛毯吧！謝謝。」

女服務生很快帶來一條毛毯。

「先生，我應該將毯子放在哪一張床上呢？」

「什麼？就是……我昨晚睡的那張。」帕金斯指著床說道。

「很抱歉，先生，這兩張床您好像都睡過，不過，今早我們會將兩張床都鋪好。」

「真的？太奇怪了！」帕金斯駭然說道：「我根本沒碰另一張床，只不過在上頭放了一些東西！那張床真的像有人睡過的樣子嗎？」

「是的，先生。」女服務生答道：「床上的物品全都被弄皺還隨處亂丟，請恕我直言，昨晚看來，似乎有人睡得很不安寧。」

「噢，我的老天！」帕金斯撫額說道：「我可能在打開行李時，將床弄亂到超出想像。很抱歉給妳添麻煩，另外，再過幾天會有個朋友——他是一位來自劍橋的紳士——過來與我住上一、兩個晚上，這樣應該沒關係吧？」

「當然沒問題。」女服務生說完，便與同事咯咯地笑著離開。

帕金斯前往球場，決心好好加強自己的球技。

很高興帕金斯在球技方面進步不少，但上校不滿第二天還是與帕金斯成為球伴，因此整個早上變得相當多話，他的聲音轟隆隆地穿過平地，就像某位二流詩人曾說：「像大教堂鐘塔上，某個巨大風笛的低音管。」

「昨晚的風真大。」上校說：「在我們老家的說法是，這風是被哨聲吸引過來的。」

「真的嗎？」帕金斯驚訝地說：「您老家那兒還有這樣的迷信？」

「我不知道是不是迷信，」上校悻悻然道：「不過丹麥、挪威及約克夏沿岸一帶，都有這樣的傳聞，你注意聽好，根據我個人的經驗，所有的鄉野傳奇信仰都有一定的可信度，而且好幾代的人都如此堅信，現在該換你揮桿了。」（不管是什麼，喜好高爾夫球的讀者，請自行想像如何在適當的間隔插入適當的話題。）

再度恢復交談之後，帕金斯猶豫地開口說：「上校，關於剛剛說到的事，我想我該

告訴您，我對所謂的『超自然』現象非常不以為然。」

「什麼！」上校訝異地說：「你是說你不相信陰陽眼、鬼魂、諸如此類的東西嗎？」

「一概不相信。」帕金斯以十分堅定的態度回答。

「不過，在我看來閣下應該比那些撒都該教[2]信徒好一點。」

帕金斯原打算回答，因為他認為那些信徒是舊約聖經中最通情達禮的神的子民，但隨即又想到，舊約聖經未必能找到這些信徒的描述，所以對上校的指控只好一笑置之。

「或許吧！」帕金斯無奈道：「可是……請拿四號木桿給我，上校請您稍待一下。」

短暫的停頓後，帕金斯繼續說道：「說到吹哨子招風，我將我的理論提供給您參考：人們至今無法了解風的形成，而那些漁民對此更是一竅不通。可能是在某些不尋常的時段，看見某個怪人或陌生人出現在海灘上，這時又湊巧聽見哨聲。沒多久，一陣狂風急遽升起；就連熟知天象或擁有氣壓計的人，都無法預測何時會有突如其來的狂風，更別說那些家裡沒有氣壓計、只以一些簡單的規則判斷天氣的漁村居民。因此，剛剛提到的怪人，自然而然就被當成是召喚狂風的人，難不成這些人在誇耀自己具有呼風喚雨的能力嗎？以昨晚為例：起風時，我正在吹哨子。我一共吹了兩次，那些風出現的時機，湊巧得像是在回應我的召喚，如果有人瞧見我……」

不知不覺中，帕金斯開始以演講的口氣高談闊論，雖然聽眾對這番說法頗感無趣，但他最後那句話，卻讓上校忍不住打斷。

「哨子？你在吹哨子？你用的是什麼樣的哨子？請先擊出這球。」

「您問到的那支哨子，非常奇特。我放在……我想應該留在房裡，那是昨天發現的。」

於是，帕金斯開始描述發現哨子的經過，上校一邊咕噥地回應，一邊提出意見；他認為以帕金斯當時的立場，應該更加小心使用那些曾屬於天主教徒的器具，一般說來，我們永遠不知道這些器具的用途。一說到這裡，上校又將話題扯到那位可惡的教區牧師，由於牧師上星期天通知大家，本週五是多馬[3]的重要節日，早上十一點將在教堂舉行儀式，關於這件事和其他類似的行為，都讓上校堅信這位牧師要不是耶穌會信徒，就是天主教徒偽裝成英國國教徒，但帕金斯在這方面不是很清楚上校的意思，所以並沒有持反對意見。這天早上，兩人的球技都大有進展，因此在午餐後分手時，也沒再對彼此提出不同的看法。

到了下午，兩人的球都打得十分順手，好到讓他們忘卻所有，愉快地打到華燈初上。直到此刻，帕金斯才想到他原打算要到聖殿騎士教堂的遺址探勘，不過後來又想，那地方似乎不重要，今天或明天去都一樣，最好還是與上校一同回旅館！

當他們經過旅館的轉角時，上校差點被一個全力狂奔的小男孩撞倒，男孩撞到人之後，非但沒有跑開，反而留在原地緊緊抓住他、不停喘息。身為革命軍人，上校脫口而出的第一句話就是申斥與責備，但很快發現男孩因恐懼幾乎無法開口。怎麼問都問不出所以然，等男孩好不容易順了氣，竟緊緊抱住上校的腿嚎啕大哭，雖然好不容易將男孩從上校身上拉開，他仍舊拚命大哭。

「到底怎麼了？發生什麼事？你看見什麼？」兩個男人同時問道。

「我看到那個東西在窗外對我揮手。」男孩哭得十分淒慘。「我不喜歡它。」

「什麼窗戶？」上校不耐煩地問：「來吧！孩子，振作！」

「旅館前面的窗戶。」男孩說。

在當時的情況下，帕金斯認為應該送男孩回家，但上校卻拒絕這樣的安排，他想將事情查個水落石出，上校表示，將一個小男孩嚇成這樣，是件非常危險的事，如果最後發現這是某人的惡作劇，那人得接受懲罰。

經過一連串嚴肅的詢問後，整件事大致的內容如下：

男孩在環球旅館前庭的草地上與同伴玩耍，準備離開回家休息之際，碰巧抬頭望了旅館前的窗戶一眼，結果竟看見那個東西——正對他招手。男孩認為那似乎是某種物體，

穿著白衣服，只是看不見它的臉；偏偏它對他揮手，那根本不該發生，更別說出現了。

是房裡燈光的投影嗎？

不是，如果有燈光他就不好意思多看。

是出現在哪一扇窗？是最上面那一扇，還是第二扇？是第二扇……

是旁邊有兩扇小窗的那面大窗。

「很好，孩子。」上校詢問幾個問題後說道：「你現在可以回家了。我想，應該只是有人想嚇你罷了。下次，要像個勇敢的英國少年，拿顆石頭丟過去……不，也不是這麼說，不過，你要向服務生或旅館主人辛普森先生提這件事……就說是我要你這麼做的。」

男孩的臉上流露懷疑的神色，他不確定辛普森先生是否願意聽他的抱怨，但上校並未察覺這些，繼續說：

「這裡有六便士……喔不，應該是一先令[4]……你可以回家，不要再想這件事了。」

小男孩激動地連番道謝後，飛快跑回家，上校和帕金斯則到旅館的前門勘查，符合男孩描述的窗戶只有一扇。

「嗯，真奇怪。」帕金斯說：「看來男孩說的正是我的房間，威爾斯上校，你願意陪我一塊上去嗎？看看是否有人在我房裡胡作非為。」

他們很快來到房外走道，在帕金斯打算開門之際，他的動作突然停頓，將手伸進口袋裡摸索。

「事情比我想得嚴重，」帕金斯擔憂地說：「我想起早上出門時上了鎖。現在門還鎖著，而且，鑰匙在我這兒。」帕金斯從口袋拿出鑰匙，繼續說道：「如果服務生習慣在客人不在房內時進入房間，我只能說……我非常不贊成這種行為。」帕金斯意識到可能發生什麼令人驚訝的事，於是急著開門（門的確是上鎖的）、點蠟燭。「沒有，房裡並沒有被弄亂。」

「除了你的床。」上校說。

「抱歉，那不是我的床。」帕金斯說：「我沒有使用那張床。不過，看起來的確像有人在上面胡搞。」

所有的床單、被單全被捆紮扭轉，弄得亂七八糟，這景象不禁令帕金斯沉思起來。

「一定是昨晚，我打開行李時將床鋪弄亂，結果服務生還沒有整理。或許是他們進來整理時，剛好男孩透過窗戶瞧見他們；後來他們又被叫走，就將門鎖上離開。沒錯，一定是這樣。」

「這樣吧！我們搖鈴叫服務生過來問問！」上校對帕金斯建議。

服務生來了，她發誓早上已經在帕金斯先生在場時整理過房間，之後就再也沒進來過，而且她也沒有房間的備份鑰匙，所有的鑰匙都交由辛普森先生保管，他應該知道是否有人進來。

這真是一團謎，檢查後，並未發現有任何具有價值的東西遭竊，帕金斯也記得桌上的小東西完全沒有被移動或把玩的跡象。此外，辛普森夫婦兩人也都表明，他們今天未將備份鑰匙交給其他人。在這種情況下，就連頭腦最清楚理智的帕金斯，都看不出辛普森夫婦、女服務生的舉止有隱含犯罪的跡象。於是，他開始認為比較可能的是男孩對上校說謊。

整個晚上和用餐時間，上校都異常沉默、愁眉深鎖。道晚安時，還低聲悄悄對帕金斯說道：「如果晚上需要幫忙，你知道該到哪兒找我。」

「什麼？噢，謝謝您，威爾斯上校，我想我知道您的房間在哪兒，不過，希望不需要打擾您。對了，讓您瞧瞧今天提到的舊哨子，就是這個。」

上校就著燭火小心翼翼地翻轉哨子。

「您看得出來上面的刻文是什麼嗎？」將哨子取回後，帕金斯開口問道。

「在這種燈光下沒辦法看出來，你打算怎麼處理？」

「等回劍橋時，我會將它交給學校裡的考古學者，聽聽他們有什麼看法；如果，他們覺得這東西滿有價值的，我應該會捐給博物館。」

「嗯！你的做法或許沒錯，不過我只知道如果是我，早就直接將它丟進海裡。我知道多說無益，希望這東西真可以成為值得研究的對象，但願如此，晚安。」

上校說完便轉身離去，留下帕金斯站在樓梯底端欲語還休，然後轉身回房裡。

由於某些不幸的意外所致，帕金斯房裡的窗戶既無百葉窗也無窗簾。前一晚他並未發現，但今晚，高掛的月光直接投射在床上，讓他因此甦醒，對此氣惱不已。帕金斯憑藉著一雙巧手，以一張行軍毯、幾根安全別針、一根手杖、一把雨傘，再組合這些東西，成功搭出屏障，將月光完全隔絕在床鋪之外。於是，他又舒服地躺回床上，還花了一些時間閱讀一本嚴肅的著作，漸漸地帕金斯又開始感到睏倦不已，於是稍稍環視房內後，吹熄蠟燭、躺回枕頭上。

他沉睡了大約一個小時、甚至更久的時間，突然被一記重物撞擊的匡噹聲硬生生驚醒，真令人生氣。過了一會兒，他才意會到發生什麼事：那張精心製作的屏障垮了，那輪明亮異常的冷月直接照射在他臉上。這實在太令人生氣！他會起床重新架設那張屏障嗎？如果放著不管，睡得著嗎？

帕金斯就這樣躺在床上想著各種可能性，然後突然轉身，兩眼圓睜，屏息聆聽。他確定，有東西在移動，就在房間另一張空床上。他心想明天非得將那張床移開，一定有老鼠之類的動物在那兒亂竄。現在卻又鴉雀無聲。不！又開始動了，那種窸窣聲與晃動的感覺，絕對不是老鼠弄出來的。

我可以想像當時帕金斯有多麼困惑、恐懼，因為我三十年前也見過同樣的景象；不過，也許讀者能想像得出，當帕金斯瞧見原以為空著的床鋪上坐著一個物體時，有多麼驚駭！

他嚇得跳開自己的床，沒命地奔到窗戶邊，因為那兒有唯一的武器，那根被充當屏障支架的手杖。但這是他最糟糕的選擇，因為那物體突然一躍而下，張開雙臂、站在兩張床的中間、也就是房門的正前方。帕金斯害怕卻又疑惑地望著它。

他心裡只要一想到要通過那個東西從房門逃出去，簡直完全無法忍受——他不明白為什麼非得碰到它，萬一那個東西過來碰他，他一定立刻從窗戶跳下去，也不願意讓那種事發生。那東西站在那兒像一團黑影，他看不見它的臉。然後，它開始移動，彎著腰，突然間，帕金斯明白了，雖然害怕卻又鬆了一口氣，那東西一定是瞎子，因為它利用被裹著的手臂四處胡亂摸索身旁的環境。

接著那東西轉向與帕金斯相反的另一端，像突然意識到前面是帕金斯剛離開的床，便朝著床鋪前進，彎腰、觸摸枕頭，那模樣讓帕金斯不禁全身顫抖，他從未料想過這輩子會發生這種事。沒多久，那東西似乎發現床鋪是空的，便朝向光亮的窗戶移動，這時，帕金斯終於看見那東西的廬山真面目。

帕金斯非常討厭被問及那東西的模樣，不過卻曾對我描述過一次，在我的紀錄中，大致記得那是一張模樣駭人、非常恐怖的臉，就像一張皺巴巴的床單。至於那張臉的表情，帕金斯則不願、也無法多談，因為那張臉恐怖得幾乎令他發狂。

不過，他沒有時間仔細檢視那個東西，因為它突然以驚人的速度移動到房間中央，在不斷摸索與擺動中，那東西的下襬掃過帕金斯的臉，雖然他知道出聲非常危險，但他還是無法克制地發出一陣狂噁，這下立刻讓那東西循聲搜尋。一下子就跳到他眼前，接著他已經半身伸過窗戶向後仰，使盡力氣高喊，那張床單臉卻將帕金斯往自己身上擠。千鈞一髮之際，救兵出現了，各位應該猜得到：就是威爾斯上校，他「唰」地打開門，剛好瞧見窗旁那個可怕的東西。但靠近時，卻只剩下帕金斯虛弱地往前倒臥在房裡，而他前方的地板上則躺著一堆皺巴巴的床單。

威爾斯上校沒有詢問任何問題，只是忙著將其他人請出房間，扶著帕金斯躺回床上，而他自己則裹了一條毯子，那晚就睡在另一張床上。

第二天一早，羅傑來到旅館，受到可能提早一天抵達就不會有的熱情歡迎，他們在教授房裡討論了很久。最後，上校手裡拿了一個小東西離開旅館，並將手裡的東西用力擲向大海。不久，環球旅館的後頭升起了一縷煙。

至於旅館裡的工作人員和訪客的說法，我得承認自己並沒有去記錄。那位教授不知如何辦到，竟能將人們對他患有震顫性譫妄症的疑慮，以及認為旅館不乾淨的說法洗刷得一乾二淨。

如果當時上校沒有闖入，帕金斯今日的下場自是不言可喻，要不是掉出窗外，就是被嚇得精神錯亂。不過，那個應哨聲召喚而出現的物體，除了嚇人，似乎沒有證據顯示會有什麼進一步動作。除了以一堆床單建構出形體之外，似乎不是什麼了不起的怪物。上校記得一件在印度發生的類似事件，因此他認為如果帕金斯接近那物體，它能造成的傷害也極為有限，那物體唯一的力量就是讓人害怕。因此，他說這整件事只是證實他對於羅馬教廷的看法。

故事末了，您應該可以想像，帕金斯教授對某些觀點不再像以往那般斬釘截鐵。他從此受到不少精神折磨：現在他連門上掛著一件動也不動的白袍都無法忍受，甚至看到田裡的稻草人，都會讓他連續失眠好幾個夜晚。

---

1 《舊約聖經》大先知書《但以理書》第5章所記載的內容，敘述伯沙撒王大擺筵席而觸怒真神，席間突然有手指顯現，在牆上寫字。然而眾多哲士均無法理解此段晦澀的文句，唯有但以理能夠解讀，其內容乃譴責伯沙撒王的狂妄及殘暴。

2 Sadducee，是指猶太教的支派「撒都該教」，其身分為貴族或祭司家族，自視甚高，負責主持崇拜禮儀，掌管猶太教初期的指導權。

3 耶穌十二門徒之一。

4 英鎊舊制單位，一英鎊等於二十先令，一先令等於十二便士。

孤島柳林
The Willows

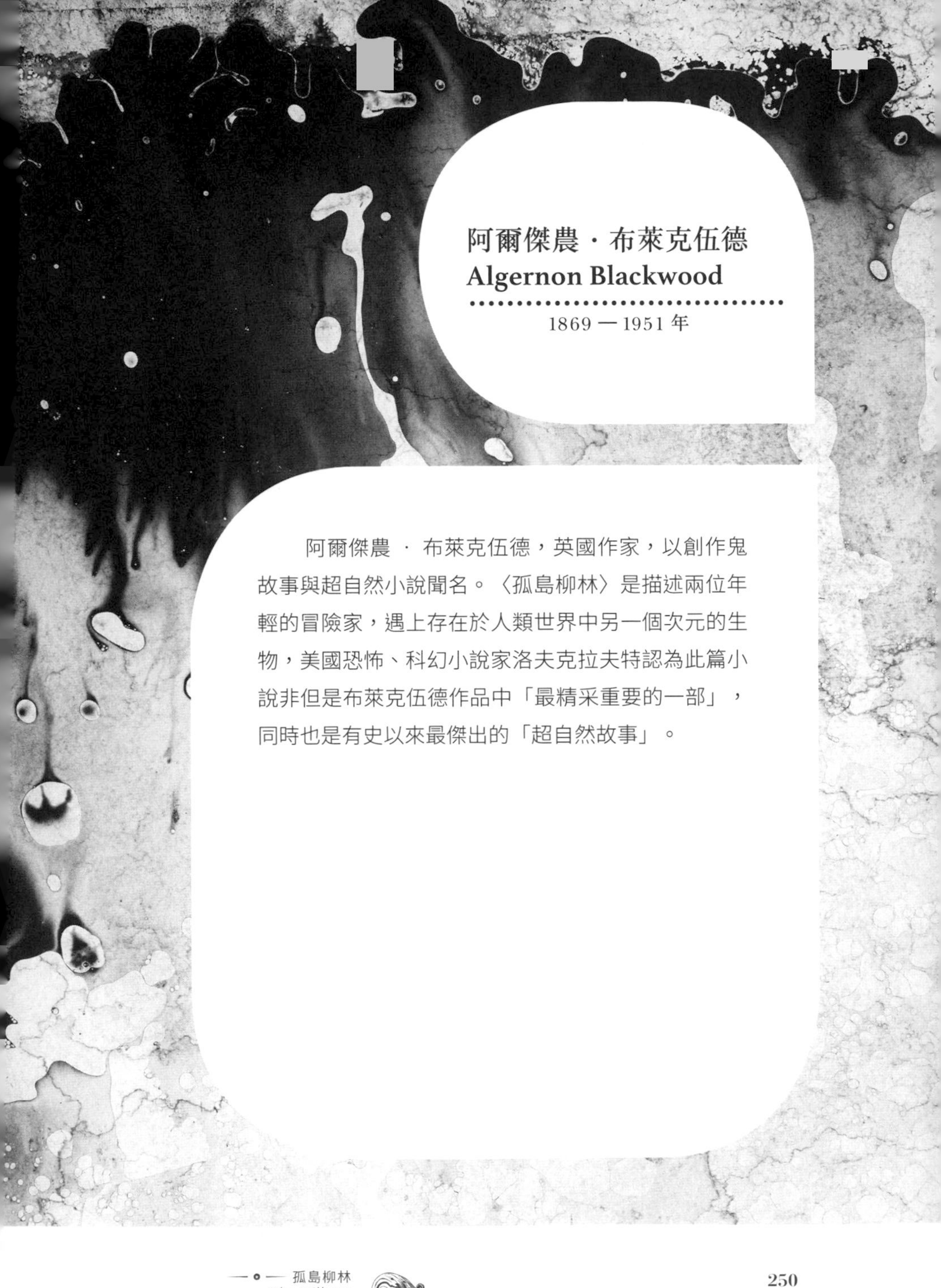

阿爾傑農・布萊克伍德
Algernon Blackwood

1869 — 1951 年

阿爾傑農 · 布萊克伍德，英國作家，以創作鬼故事與超自然小說聞名。〈孤島柳林〉是描述兩位年輕的冒險家，遇上存在於人類世界中另一個次元的生物，美國恐怖、科幻小說家洛夫克拉夫特認為此篇小說非但是布萊克伍德作品中「最精采重要的一部」，同時也是有史以來最傑出的「超自然故事」。

離開了維也納，距離布達佩斯還有好長的一段路，多瑙河流入了一片寂寞荒涼的大地，四面八方鋪展開來，形成了好幾英里連綿不絕的沼澤地，無數的低矮柳樹叢覆蓋其上，像一片無邊無際的樹海。在大地圖上，這片區域通常以藍色標記，離河岸越遠、顏色越淺；整個地圖都標有「Sumpfe」的字樣，也就是「沼澤」之意。

每當大潮時，這片遍及數英畝的沙地、礫石灘，以及綠柳叢生的小島幾乎完全被潮水覆蓋；在正常的時節裡，這些柳樹會隨風輕舞沙沙作響，樹枝在陽光下閃耀著銀光，形成一幅令人目眩的極致美景。這些柳樹不像莊嚴的大樹，沒有堅實的樹幹，它們只屬於低矮、輪廓柔軟且圓潤的灌木。當微風輕撫時，那柔弱的枝幹便會聞風起舞，如青草般輕柔地飛舞，讓人不禁產生一種整片樹海正在移動，像是活著的動物一般的錯覺。風上下吹拂著整片大地，樹葉也像海水一樣掀起層層波浪，陽光有時又給柳樹鍍上銀光，閃閃動人。

不羈的多瑙河擺脫了河岸的束縛，在這島上縱橫交錯的水道間隨意徜徉，時而匯入主流，一瀉而下，發出巨大聲響，轉成一個個的漩渦、渦流或是急流；時而又發狠地撕扯著沙堤，侵蝕了大量的海岸或沖走一大片柳樹叢，於是誕生了無數大小、形狀不斷在

改變的小島，隨著潮汐而旋生旋滅。

正確來說，多瑙河是在離開普雷斯堡後才變得如此生意盎然。我們划著加拿大獨木舟，帶著吉普賽人用的帳篷和煎鍋，在七月中旬某個大潮時節來到此地。

就在那天早上，當天空被旭日染紅時，我們駕舟離開了沉睡中的維也納，幾小時後，維也納已經變成地平線上的小點了，就像青山上的一抹輕煙。我們在菲沙門德的白樺樹下享用早餐，風不停地咆哮著；然後穿過歐斯、海恩堡、佩特羅內爾（古羅馬大帝馬爾庫斯・奧列里烏斯所建之卡農屯），水勢漸漲，再到隸屬於喀爾巴阡山脈一支的泰邦高地。三月悄悄捎來春的訊息，我們就這樣跨越了奧地利與匈牙利之間的國界。

小船以每小時十二公里的速度，將我們帶到匈牙利境內，在看到普雷斯堡（位於匈牙利布拉提斯拉瓦）高聳入雲的塔樓前，卻被那泥濘不堪的河水（這是大潮來臨的徵兆）數度沖到布滿碎石的河床上，就像突然掉入漩渦的軟木塞一樣，將船隻扭來彎去；不一會兒，獨木舟又像匹脫韁野馬般飛速駛過那些灰色城牆，所幸平穩地掠過沉入海裡的渡輪鏈條。隨後，突然向左一轉，順著噴濺出來的黃濁泡沫縱身躍入一片荒涼的沙質群島。四處都是沼澤——一望無際的柳林。

這改變來得太突然，就好像電影院剛剛才在播放街景，卻毫無預警地跳到湖泊和森林的畫面。我們進入了一片蠻荒之地，不到半小時的時間，已經看不見其他船隻、漁夫搭的小屋或者紅色屋頂的房舍。放眼望去，絲毫沒有任何人類文明留下來的痕跡。

一種遠離人煙的感覺、一種絕對的孤絕，這個地方只有柳樹、風、河水。我們像是被施展魔咒，突然就來到了這裡，我們不由得彼此開玩笑說，原本應該拿個什麼特殊的通行證，但現在卻未經允許就擅自闖入了這個魔幻的獨立小王國，一個只保留給被獲准進入者的王國，四處都有著無形的警告標誌，告誡那些妄想探索這片土地的入侵者。

雖然時間才剛下午時分，但那永無休止的狂風已讓我們疲憊不堪。於是，我們決定先尋找適合過夜的紮營處。但是詭異的地形，卻不讓我們輕易上岸。旋動的流水，一會兒將我們推上岸邊、一會兒又將我們推開，當我們試圖抓緊柳樹停靠獨木舟時，卻被刮傷了手。後來，又在沙堤上拖行了好幾碼，最後才乘著一記強風，駛進一處逆流水灘，在洶湧的浪花中將船頭拖上岸。一陣忙亂之後，我們累到一下子就躺在黃濁溫熱的沙地上喘息。晴空萬里，在灼熱的陽光照耀下，幾乎感受不到任何的風兒。四周盡是一群舞動、咆哮著的柳樹軍團，拍動它們小小的手，就像是在為我們喝采一樣。

「這河太厲害了啊！」我對同伴說，腦中回想起六月初從黑森林源頭啟程，一路上不時有淺灘出現，有好幾次我們不得不涉水推船的往事。

「別再說了！」他邊說，邊將我們的船推向岸上安全之處，然後準備睡個小覺。

我在他身旁躺下，沐浴在清風、陽光下，欣賞著流水沙灘，感覺既愉快又平靜。我不禁又回想起到黑海之前所經歷的旅程，多虧了我的旅伴，一位性格開朗又迷人的瑞典人。

我們一起經歷了許多類似的旅行，但多瑙河完全不同於其他河流，一開始就展現出獨有的生氣，令人驚嘆不已。在松柏環繞的多瑙艾辛根，它冒出涓涓細流，而現在卻玩起了花樣，將自己悄聲無息地隱藏在這片荒涼的沼澤中，讓人無法捉摸又難以駕馭，就好像遵循著生物成長過程似的。一開始沉睡，但突然意識到內心深處的靈魂而發展出強烈的欲望；就像一個液態的巨大怪獸不停翻滾，穿過我們走過的國家，以寬闊的肩膀承載著我們這一葉扁舟，雖然時而粗暴，但總是友善而溫和，直到我們不得不承認它的偉大。

在多瑙河向我們傾訴了太多祕密之後，怎能甘於以一種面貌示人呢？夜裡我們躺在帳篷裡，聽著它對月亮輕吟，卻又發出獨特而怪異的嘶嘶聲響，說是因急流沖擊河床上的小石而造成的，它的流速真快啊！當然，我們也聽得出突然從平靜無波的河面上冒出漩渦的聲音；流經淺灘時的怒吼、急流的咆哮，還有伴隨這些聲響下不絕於耳的隆隆聲，不斷沖擊河岸的冰冷河水。當雨筆直地落在河面時，它會憤而抗議；更別說當狂風逆向吹來時，它放肆狂笑，卻絲毫沒有減速。我們熟知它每一種聲音和話語，每次的翻滾與沖擊：過橋時的水花四濺；出現壯麗山嶽時，它的喃喃自語；流經小城時，它的不苟言笑與故作鎮定；更別說當太陽在緩坡上照耀著它，而蒸騰出一片霧氣時，它那甜蜜又迷人的低語綿綿。

當然，這條河也非常詭計多端，打從它剛生成沒多久，整個世界還不認識它之前就已如此。它的上游發源於史瓦比亞森林，在它的命運還未知之際，它時而隱入地下，時而又再從另一邊多孔隙的石灰岩山脈鑽出，儼然是一條新的小河，但河道的水位卻大減，使得我們不得不涉水推舟，方能通過那長達數英里的淺灘。

在年少輕狂時期，它最大的樂趣就是仿效布瑞爾福斯河，隱藏自己。當阿爾卑斯山流出的支流前來會合時，它總是先以極低的水位流淌，頑固地拒絕其他支流的加入，就這麼肩併肩流過數英里，中間的分割線明顯可見，但水位卻各不相同，頑皮的多瑙河拒絕其他河流的匯入。

可是到了帕紹下方，它終於放棄玩弄這樣的把戲，因為因河[1]滾滾而來，挾帶強大而不容忽視的力量推擠、干擾著主流，讓接下來這段蜿蜒漫長的峽谷無法同時容納它們，

多瑙河只好在峽谷間四處沖擊，不得不翻滾巨浪加速奔流，以求及時穿越峽谷。我們的小船就是在這樣的纏鬥中被甩到中間，從洶湧的波濤感受它的生命力。因河的確給了多瑙河一個教訓，自帕紹以後，它不再對其他河川視而不見了。

當然，這都是好幾天前發生的事了，從那時起，我們對這條偉大的河流又有另一番認識。在六月的烈日陽光下，它緩緩穿過施特勞賓格的巴伐利亞麥田，平靜到讓我們以為水面只有薄薄幾英寸是河水，而水下由絲質斗篷蓋住的水神大軍，正靜悠悠地、無聲無息地潛入大海。

但我們還是原諒它了，因為它對岸邊的鳥群與動物非常友善。在多瑙河畔，經常可見鸕鶿成排棲息在孤寂岸邊，像一排低矮的黑欄；烏鴉群聚在碎石灘上；鸛鳥在浮島間的淺灘上覓食，還有那些老鷹、天鵝、各式各樣生活在溼地的鳥類，讓整片天空充滿銀光閃耀的蹤跡和放肆美妙的歌鳴。

當你在和煦的陽光下，親眼見到小鹿突然躍入河中、將浪花濺得高高地、在陽光下閃耀光芒，游過你的船頭後，即使這條河是如此變化莫測，你也絕不會感到氣惱；更何況，我們也常看見幼鹿躲在矮樹叢後方探頭探腦，甚至在加速轉彎、進入新河道時，發現它正與一頭雄鹿對望。此外，河岸旁隨處可見狐狸的蹤影，以優美靈巧的步伐輕快走在浮木間，或者倏地消失，令人好奇牠們究竟是如何辦到的。

但現在，自從離開普雷斯堡之後，一切都有了些微的改變，多瑙河多了幾分嚴肅，不再玩弄那些小把戲了。往黑海的旅程已走了一半，在這個陌生的國度裡，所有花樣與把戲都不被允許，也無用武之地。河流突然成熟了許多，令我們油然而生敬意甚至敬畏。河流分成三股，要再過一百公里才會再度會合，但對我們這一葉扁舟而言，完全沒有路標可循。

「如果你選擇旁邊那條水道航行，」當我們在普雷斯堡的商店採購補給品時，遇到一位匈牙利船長這麼說：「等退潮後，你就會發現自己被困在乾旱的高地上，方圓四十英里都沒有人、沒有農場、沒有漁民，很可能餓死。我勸你們最好不要繼續走下去。這條河現在還在漲潮，風勢也會越來越強。」

我們一點也不畏懼高漲的河水，但如果河水突然退潮被困住，那可就麻煩了，於是，我們買了更多的補給品以備不時之需。後來，那位船長的預言都實現了，風吹亂了原本晴朗的天空，風力持續增強，達到每小時三十二至六十三英里的風速。

那天，我們比平常提早紮營，因為太陽再過一、兩個小時就要西沉。我離開正睡在沙灘上的朋友，四處走動，檢視今晚住宿的地方。我發現，這個小島的長度不到一英畝，只有一道高於河面兩、三英尺的沙質河岸。在小島的另一端，太陽西沉處，則是一片狂風席捲碎浪揚起漫天飛濺的浪花。小島是三角形的，上游有個小小山峰。

我呆立了好幾分鐘之久，看著奔騰、緋紅的洪水發出怒吼，伴隨著洶湧的波濤沖擊河岸，像是要擊潰它一樣，分成兩股滿是泡沫的水流打旋。整片土地似乎也隨著這樣的激流而搖晃不已，加上狂風吹得群柳劇烈晃動，更加強了那詭異的錯覺，彷彿這島嶼真的在移動。在上方大約一、兩英里的地方，我看到巨浪一瀉而下，就好像從山丘的陡坡滾滾而來，沖激而出的白色泡沫，在陽光下四處跳躍。

至於島上的其他地方則因密柳叢生，非常不利行走，即便如此，我還是走了一遭。在地勢較低的地方，光線不足，河流顯得黑暗險惡。只見後方那激越的浪花，夾帶泡沫，從後方而來的狂風仍推送著。走了短短一英里之後，終於又見河水，在群島前起伏跌宕，然後隨著一股巨浪潛入柳林間，密密叢叢的柳樹像一群大洪水前的可怕怪獸，聚集在一起低頭喝水似的。它們讓我想到某種巨大如海綿的生物，將所有河水吸進自己體內。它們使河水失去蹤影，以壓倒性的多數盤踞此地。

因為那極度的荒寂、還有那古怪的寓意，讓整幅景象十分懾人；當我好奇地呆望這一切時，內心深處開始湧現一種莫名情愫；當我沉浸在這天然美景時，卻隱約有一種揮之不去又莫名不安、幾近恐懼的怪異感覺盤踞心頭。

或許，高漲的河水總讓人有不祥之感；現在我看到的這些小島，明天早上很有可能都會被河水沖走，而這無法抵擋、轟隆作響的洪流，啟動了我心中的恐懼。但是，我也意識到內心有一股遠勝於這種不安與敬畏的情緒。眼前這狂風不是造成那種情緒的直接原因，雖然狂風可能連根拔起幾英畝之多的柳樹，將它們颳入空中再拋灑於這片大地，如一堆無用的草秣般。

那風完全自得其樂，地面上沒有任何力量能阻擋它們，我不禁也分享了它們嬉戲時的喜悅與激動。但那種奇怪的感覺與風一點關係也沒有。事實上，我感受到的那種痛苦十分微弱模糊，讓我找不出源頭，更遑論處理了，但我仍可以感覺到在這些自然界無窮的力量之前，自己是多麼的無足輕重。那條大河也與此有關，我有一種不舒服的感覺，好像是我們褻瀆了大自然的力量，在它們的力量之下，我們只能無助地躺臥度過每分每秒。此時此地，它們共同散發強大的力量，眼前的景色又讓人不禁產生許多聯想。

可是，就我目前所能感覺到的，那種情緒似乎與柳林更為息息相關，它們的勢力範圍一英畝又一英畝地擴展開來、密密麻麻地群聚生長、充塞在極目所及之處、推擠著河流像是要讓它窒息一般、在天空下密集排列著，一英里又一英里，注視著、等待著、傾聽著。此外，與自然元素極為不同之處，在於它們似乎在不知不覺中令我心神不寧，以龐大的數量悄悄侵擊著我的心智，並且用某種方式創造出一種嶄新、無敵的力量展現在我的想像中，而那股力量，對我們並非全然友善。

當然，大自然總是知道如何對人類展示它們偉大的力量，我十分了解。像是讓人們敬畏的山脈、令人喪膽的海洋、或是對人們施放某種奇特咒語的神祕森林等；不過，這些情形在某種程度上，都與人類的生活和經驗有密切關聯。它們會激起一種可以理解、甚至害怕的情緒。整體而論，它們會讓人類激動。

然而，我覺得這群柳樹完全不是那麼一回事。它們身上散發的某些特質令我心亂不已。讓我產生一種敬畏感，但這種敬畏感卻又帶著某種模糊的恐懼。柳樹密密麻麻到處林立，讓周遭顯得越來越陰暗、影子越來越濃黑，時而狂暴、時而柔順地擺動著，讓我產生一種詭異又令人不快的念頭，彷彿我們擅入一個陌生國度的邊界，一個不歡迎我們、不希望我們逗留的世界……一個我們甚至有生命危險的地方！

這種感覺叫人無法完全分析箇中含意，當時也並未對我產生任何威脅感。可是，它還是揮之不去，甚至當我在狂風中搭建帳篷、生火架起燉鍋的勞動過程中也一樣。它一直在那兒，不多不少，令我困擾迷惑，讓這一個本該是最令人愉快的營地失去魅力。然而，我並未向同伴提及，我不說，是因為我認為他是個缺乏想像力的人。首先，我無法解釋我的感覺；再說，就算告訴他，他也會笑我愚蠢。

在島的正中央有一處稍稍凹陷的窪地，我們就在那裡搭起帳篷。周圍的柳樹可以稍微擋住風勢。

「好一個簡陋的營地。」當帳篷架起，瑞典人冷靜地觀察四周後這麼說：「沒有石頭、也沒有珍貴的柴火。我打算明天一大早動身，呃……這沙子一點都撐不住。」

不過，帳篷在半夜倒塌的經驗讓我們學到不少技巧，所以盡可能將這舒適的吉普賽小屋搭得安全牢固，然後開始四處撿拾囤積木柴，要足以維持到我們就寢為止。柳樹並未掉下任何可用的樹枝，漂流木成了我們唯一的補給來源。我們在海灘搜尋得相當徹底。河岸在高漲的河水沖擊下，到處都有被破壞的痕跡，在一片水花聲中淘空了許多面積。

「這個島比我們剛登陸時小了一些。」精準的瑞典人說道：「照這樣的速度看來，這個島撐不了多久。我們最好把船拖到帳篷附近，隨時準備離開。我應該著裝入睡才是。」

他在離我稍遠之處，沿著堤岸爬行，當他說話時我可以聽見他相當愉快的笑聲。

「我的媽呀！」沒多久，我聽到他的喊叫，轉身看看究竟什麼事惹得他大叫。此刻他被柳樹遮住，我一時之間找不到他。

「這到底是什麼東西啊！」我又聽到他的喊叫，這一次他的語調變得十分嚴肅。

我火速跑到堤岸邊加入他。他正遠眺那條河，並指著河中某樣東西。

「我的老天，是一具男人屍體。」他激動大喊：「你看！」

我看見一個黑色的東西在滿是泡沫的波浪中翻轉，快速流過，並在河面上載浮載沉。那東西距離岸邊約二十英尺遠，當它正好通過我們站立的對岸時，突然轉了個方向、面對我們。我們看見他的眼睛反射出夕陽餘暉，他的身體翻轉時露出怪異的黃色光芒。突然他快速一跳，一下子潛入水中消失。

「海獺，天啊！」我們兩個同時大喊，爆笑起來。

那是一隻活生生的海獺，正外出覓食，不過看起來就像一具因溺水而死的男人屍體在潮浪中無助漂流。在遠方下游處牠又浮出水面，我們看見牠那身黑色毛皮、溼答答的、在陽光下閃爍著。

就在我們雙手抱著滿滿漂流木，轉身準備回營地時，又發生另一件事，吸引我們回到堤岸邊。這次真的是個男人，不但如此，還是一個坐在船裡的男人。這種時候在多瑙河上出現船隻都相當稀奇，更別說是在這種遠離人煙的蠻荒之地、河水暴漲之際。一切太令人意外，簡直不可能是真的。於是我們呆立在那兒、盯著他瞧。

我不知道是因為陽光的斜照，還是波光粼粼的水面反射的關係，不管究竟是為什麼，我很難將視線完全定焦在他晃動的身影。不過，看起來似乎有個男人站在一艘平底船上，操控著長長船槳，飛快地被沖到另一處的岸上。顯然他也看著我們這邊，只是距離實在太遠、光線又太模糊，讓我們看不出他究竟有何意圖。在我看來，他好像對著我們比手畫腳、做一些手勢。他的聲音越過湍流向我們咆哮，卻被風聲淹沒、一個字也聽不見。整個現象是：男人、船、手勢、聲音——都令我感到相當詭異。

「他在比十字！」我大叫：「你看！他在比十字！」

「你說得沒錯！」瑞典人說，一邊將手放在眼睛上方遮陽，看著那個已經離開視線範圍的男人。那男人似乎一瞬間消失，隱沒在那片被夕陽餘暉照耀得如同一道美麗紅牆的柳樹叢裡。此刻，霧氣開始蒸騰，天空籠上一層朦朧雲霧。

「現在天都快黑了，河水又不斷暴漲，那人到底在做什麼呢？」我問，一半是在問我自己：「這種時候他到底要去哪裡？他剛剛的手勢還有大叫代表什麼意思？你覺不覺得他是來警告我們的？」

「他看到我們生火冒煙，大概以為我們是幽靈吧！」我的同伴笑道：「這些匈牙利人什麼無聊的垃圾都信；你還記得我們在普雷斯堡遇見一個女店員，她竟然警告我們說從未有人在這些島上登陸，因為這裡屬於某種非人類世界的東西所有！我猜他們一定也相信什麼妖精、自然力，搞不好也相信魔鬼的存在。剛剛船上那個農夫有生以來第一次看到島上有人……」停頓了好一會兒瑞典人才又繼續說：「所以嚇得半死，就是這樣。」

但是，瑞典人的聲音和語氣一點說服力都沒有，還有他的樣子也與平常不太一樣。當他說話時，我立刻注意到這些變化了，只是無法精確地指出究竟是什麼。

「如果他們的想像力夠豐富的話，」我大笑說。我記得當時的自己刻意想發出更多的聲音。「他們一定利用很多古老的神靈讓人們不敢接近這裡。那些羅馬人或多或少曾

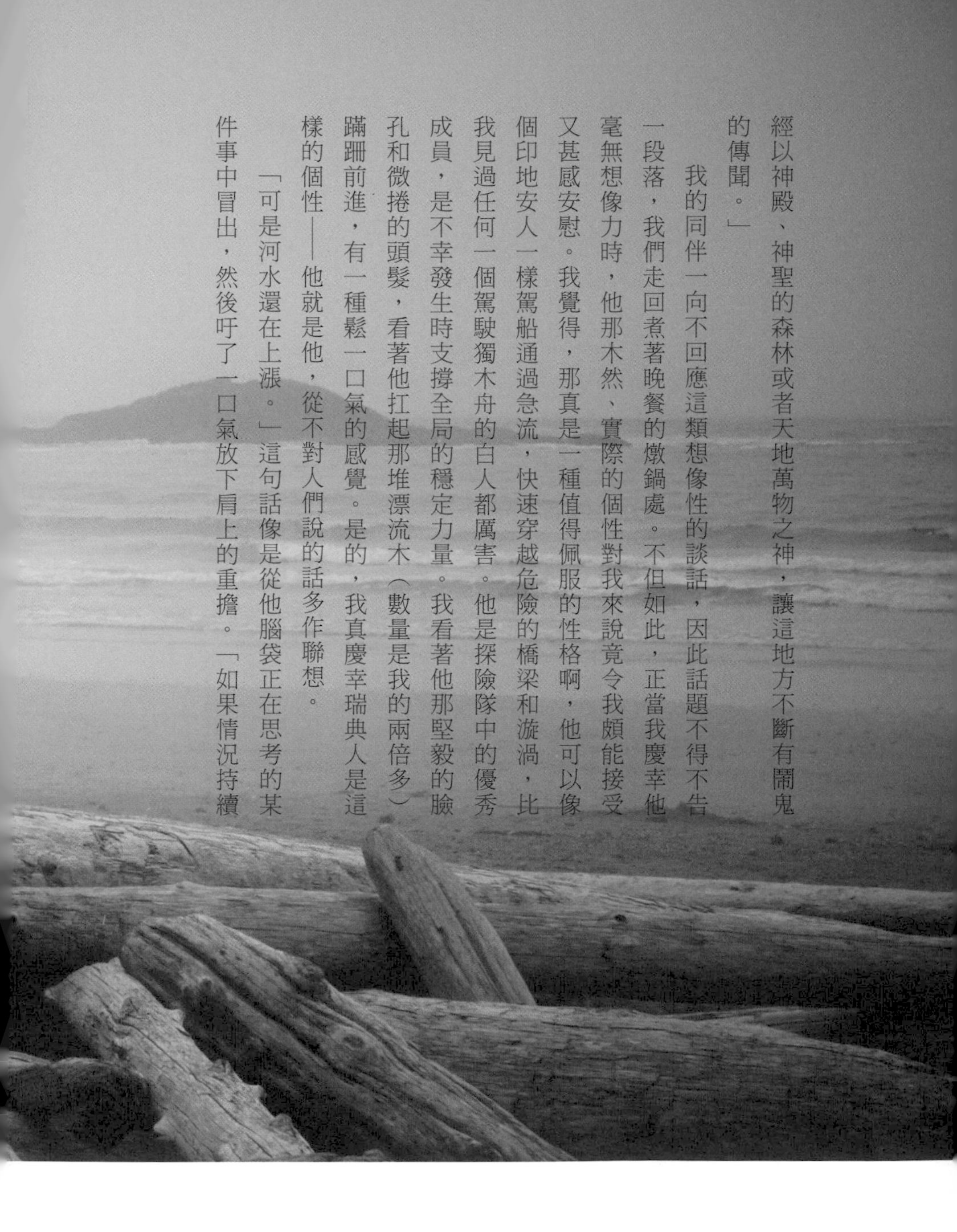

經以神殿、神聖的森林或者天地萬物之神，讓這地方不斷有鬧鬼的傳聞。」

我的同伴一向不回應這類想像性的談話，因此話題不得不告一段落，我們走回煮著晚餐的燉鍋處。不但如此，正當我慶幸他毫無想像力時，他那木然、實際的個性對我來說竟令我頗能接受又甚感安慰。我覺得，那真是一種值得佩服的性格啊，他可以像個印地安人一樣駕船通過急流，快速穿越危險的橋梁和漩渦，比我見過任何一個駕駛獨木舟的白人都厲害。他是探險隊中的優秀成員，是不幸發生時支撐全局的穩定力量。我看著他那堅毅的臉孔和微捲的頭髮，看著他扛起那堆漂流木（數量是我的兩倍多）蹣跚前進，有一種鬆一口氣的感覺。是的，我真慶幸瑞典人是這樣的個性——他就是他，從不對人們說的話多作聯想。

「可是河水還在上漲。」這句話像是從他腦袋正在思考的某件事中冒出，然後吁了一口氣放下肩上的重擔。「如果情況持續

不變，這個島兩天內會被淹沒。」

「我希望風速能減弱，倒不擔心這條河。」

的確，這條河對我們來說並不可怕；我們可以在十分鐘內上船離開，而且河水漲得越高對我們越有利。因為上潮的急流可以淹沒一些碎石，減少船底被割破的威脅。

但與我們預期相反的是，風力並未隨著太陽西沉而減弱，甚至伴著黑夜降臨越演越烈，在我們的頭上呼呼狂吹，將周遭那些柳樹叢搖晃得像柔弱的麥草一般。此外，風中還不時傳來怪聲，像是有人以笨重的槍枝發射，在劇烈的風勢中掉落在水裡、島上，以強大的火力爆開。這聲音我想像是星球劃過太空的聲音，如果我們聽得到的話。

可是天上依然萬里無雲，就在我們用過晚餐後，一輪滿月自東方升起，月光灑滿河面，以及那呼呼作響的柳樹叢，天空明亮如畫。

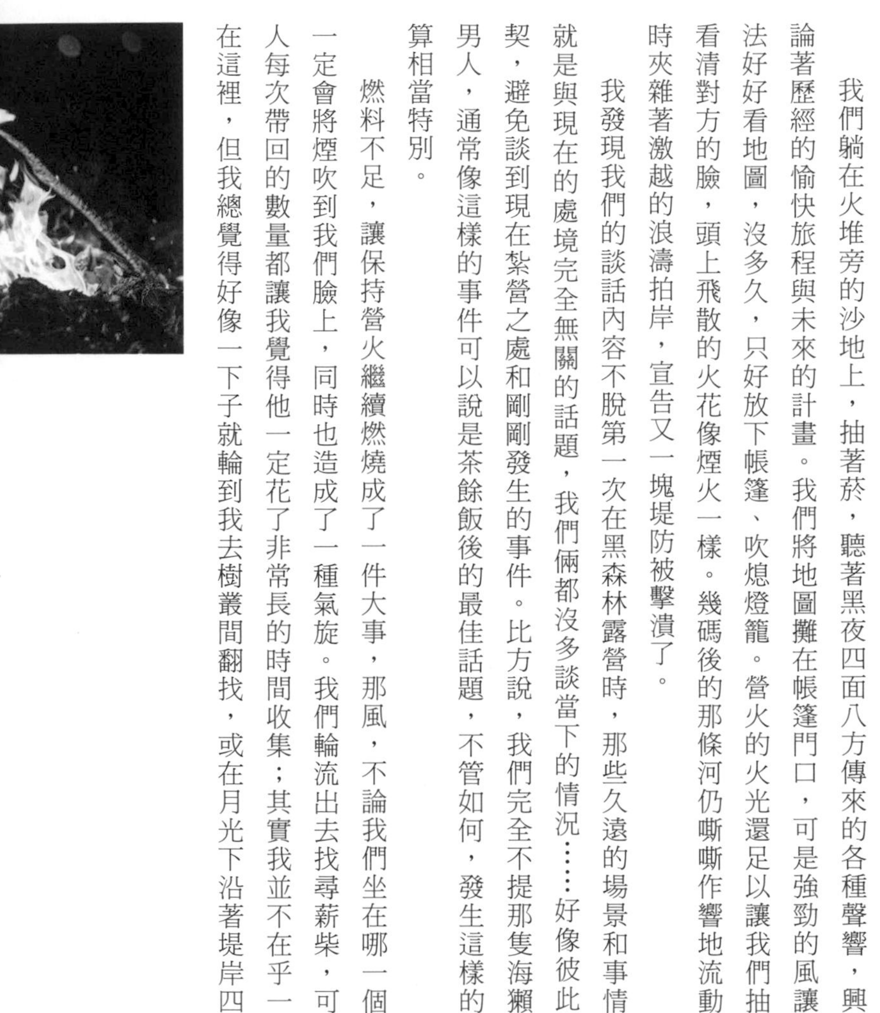

我們躺在火堆旁的沙地上，抽著菸，聽著黑夜四面八方傳來的各種聲響，興奮地談論著歷經的愉快旅程與未來的計畫。我們將地圖攤在帳篷門口，可是強勁的風讓我們無法好好看地圖，沒多久，只好放下帳篷、吹熄燈籠。營火的火光還足以讓我們抽著菸、看清對方的臉，頭上飛散的火花像煙火一樣。幾碼後的那條河仍嘶嘶作響地流動著，不時夾雜著激越的浪濤拍岸，宣告又一塊堤防被擊潰了。

我發現我們的談話內容不脫第一次在黑森林露營時，那些久遠的場景和事情，不然就是與現在的處境完全無關的話題，我們倆都沒多談當下的情況……好像彼此已有默契，避免談到現在紮營之處和剛剛發生的事件。比方說，我們完全不提那隻海獺或那個男人，通常像這樣的事件可以說是茶餘飯後的最佳話題，不管如何，發生這樣的事情都算相當特別。

燃料不足，讓保持營火繼續燃燒成了一件大事，那風，不論我們坐在哪一個方向都一定會將煙吹到我們臉上，同時也造成了一種氣旋。我們輪流出去找尋薪柴，可是瑞典人每次帶回的數量都讓我覺得他一定花了非常長的時間收集；其實我並不在乎一個人留在這裡，但我總覺得好像一下子就輪到我去樹叢間翻找，或在月光下沿著堤岸四處探尋

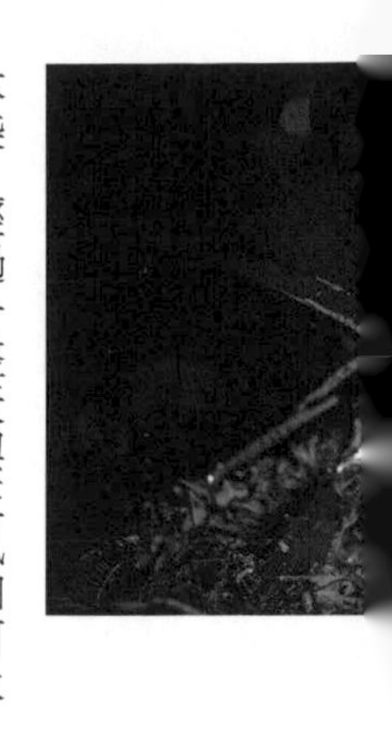

木柴。經過一整天與狂風和河水——非常誇張的風和河水——的搏鬥，我們兩人都累了，因此早早睡覺也是預料中的事。可是，我們倆誰也沒往帳篷內移動。只是躺在那兒，照顧營火，有一搭沒一搭地聊著，不時瞄向周遭濃密的柳樹叢，聽著狂風與河水轟隆作響。

這地方的寂寞感深深竄入了我們的骨髓，安靜似乎是應該的，沒多久我們的聲音竟變得有些失真而勉強；只有悄聲說話才符合當時聊天該有的模式，我覺得在大自然的怒吼中，人類的聲音聽來總是突兀，但現在卻幾乎變得不該存在似的。就好像在教堂裡大聲說話，或者在某個不合法、或不安全的地方遭到偷聽一樣。

遍布在數以百萬計柳樹叢中的小島所散發的恐怖感觸動了我倆。一個人類未曾探索、不曾知曉的禁地，靜靜躺臥在月光下，遠離塵囂、不受人類干擾，位在另一個世界的邊界、一個屬於異物的世界，一個只有柳樹與其靈魂才能居住的地方。而魯莽輕率的我們竟膽敢闖入這塊禁地，甚至還利用了它！當我躺在沙灘上、腳靠近營火、從樹葉間望向天上的星星時，感覺有某種比這神奇的力量、更強大的某事擾動著我。我最後一次起身撿拾柴火。

我肯定地說：「當這堆火燒旺的時候，我就會回來了。」我的同伴懶洋洋地目送我走進周遭的黑暗裡。

對像他這樣一個毫無想像力的人來說，我覺得那晚的他似乎超乎尋常地敏感，竟然接納臆測的事物而未訴諸於理智。顯然他也被這地方的美麗與孤寂感動了。但我並不覺得高興，還記得我在他身上看到的那種微妙變化，我沒有馬上撿拾木柴，反而走到島上更遠的地方，那裡的月光更加明亮、河水也能看得更清楚。那種亟欲獨處的感覺突然攫住了我；但之前那種恐懼感卻又排山倒海向我襲來，我依稀感覺到一股想一探究竟的念頭。

當我來到那突出於海浪間的沙灘時，大自然的魔力以令人驚訝的姿態降臨在我身上。單純的「景象」絕對無法製造出這種效果，這裡一定有什麼東西、一種讓人必須提高警覺的東西存在。

我眺望這片荒涼的河面、觀察低語的柳樹，還聽見那永無休止的風不斷的拍打聲，每種元素以各自的方式擾動我，讓我產生一種奇怪、悲哀的感覺。尤以柳樹為最，雖然它們彼此間似乎不斷竊竊私語，時笑、時嚎哭、時嘆息……但這些騷動卻只有這片遼闊的大地才了解。那完全不同於我所熟悉的世界，亦不同於我熟悉的那些野生而善良的元素。我想像它們是一群來自另一個世界的生物，一種進化過程完全不同的生物，正在討論著一個只有彼此才了解的神祕陰謀。我看著它們忙碌地移動，怪異地搖晃枝繁葉茂的頭部，轉動數不清的樹葉，即使當時風平浪靜。它們像是有意志可移動的生物一般，以某種難以言喻的方式，觸動著我的恐懼神經。

挺立在月光下的柳樹，就像一群大軍包圍我們營地，不停高舉多不勝數的銀矛挑釁，隨時備戰、蓄勢待發。

如果運用想像力來看的話，一定可看出這座小島的個性非常鮮明；尤其對於一個四海為家的人，每個營地都有各自的「態度」，可能歡迎也可能排拒外來者。一開始人們因為忙於搭帳篷、準備野炊之事而未察覺，當人們好不容易告一段落——通常在晚餐之後——營地便開始表態了。現在，這塊柳樹營地的態度在我看來再明白不過了；我們是不速之客、入侵者，我們不受歡迎。當我站在那兒觀望時，那種陌生的感覺在我心中不斷滋長。我們誤闖一個憎恨我們存在的世界邊境。如果只是過一夜，或許還可被容忍，若妄想好奇停留在這兒……那是不可能的！所有樹神、荒野之神都不會同意的！我們是第一個闖入這片聖地的人類，完全不受歡迎。那些柳樹排斥我們！

當我佇立、傾聽時，不知從何產生的奇思妄想在我心中滋生。我揣想萬一這些柳樹真的是活物怎麼辦？如果它們像一群可以活動的生物突然站起來，在我們所誤闖的地域之神率領下，以大軍壓境之姿，黑夜轟隆隆穿過廣大的沼澤地對我們發動攻擊……最後摧毀一切！看著這群柳樹時，很容易將它們想像成一群能自由移動的生物、不斷向我們爬進、往後、群聚一起，滿懷敵意等待大風來襲，好趁風勢出動攻擊。我發誓這些柳樹的樣子真的有所改變，它們排列得更緊密了。

天空傳來了夜鶯的厲聲尖叫，一陣大浪打來，淘空了我腳下站著的一塊土堤，捲入河裡，讓我差點失去平衡。還好及時往後退了一步，才能繼續撿拾柴火，一邊笑著自己的胡思亂想，還以為它們在我身上施了什麼咒語；還想起瑞典人表示明天一早就動身離開這裡，我完全贊成之時，轉身竟看見瑞典人已經站在我面前，嚇了我一跳。他離我相當近。但大自然所發出的怒吼蓋住了他的音量。

他在風中大喊：

「你離開很久。我還以為出了什麼事。」

可是，從他的語氣及臉上的表情，傳達出來的意思並非僅僅如此，很快我便明白他來找我的真正原因。因為魔咒也降臨在他身上，他不想一個人待在那兒。

「還在漲潮。」他邊大聲說話，邊指著月光下暴漲的河水。「風實在太大、太可怕了。」他一直說同樣的話，但我知道話裡是想尋求同伴的慰藉。

「還好，我們的帳篷搭在窪地裡。應該撐得住。」我說了些找木柴很困難之類的話解釋剛剛失蹤的原因。可是狂風掩飾了我的話語，瑞典人沒聽見我的話，只是透過柳樹縫隙看著我、點點頭。

「我們能平安離開就好了！」他大聲說著類似的話；我記得當時我有些氣他，氣他將那種想法如此露骨說了出來，因為那正好也是我所想的。某種不幸正從某處向我們逼近，我有一種不祥的預感。

我們一起回到營火邊、燒完最後一次的柴火，以腳尖撥弄火堆。最後又在營地四周查看了一會兒。在這種風勢之下，這樣的溫度頗令人不舒服。我將這種感覺說了出來，記得當時瑞典人的回答令我很震驚；他說寧願忍受這種溫度，這種七月慣有的溫度，也不願承受這「惡魔般的風」的折磨。

在夜裡，一切都安置妥當，我們的獨木舟倒扣在帳篷旁，黃色船槳擺放在船下，糧食袋掛在柳樹上，洗好的碗盤則放在離火堆稍遠的距離外，準備明天早餐時再使用。

我們以沙子悶熄餘火後進入帳篷內。先將帳篷的門簾拉起，我看見那些柳樹枝、繁星點點、還有銀白月光。茂密的柳林隨風舞動，還有狂風不斷拍打我們小小的棲身處，發出砰砰聲，這些是我睡前最後記得的事情。我們很快就進入甜美的夢鄉，忘卻一切。

突然間，我醒了過來，躺在那張滿是沙土的床墊上向帳篷外張望。就著明亮的月光，我看了一眼掛在帳篷上的手錶，時間顯示為兩點——一天的開始……我已經睡了好幾個小時。瑞典人仍在我身旁呼呼大睡；風依然呼嘯，但是有某種東西攫住了我的心，令我害怕不已。我感覺附近有什麼東西正騷動著。

我迅速起身向外探看。樹群在狂風肆虐下亂舞，但我們搭建在窪地裡的綠色帳篷完好安穩，大概是因為風從帳篷頂端吹過，被風吹到的面積不足以引起劇烈的晃動吧。儘管如此，不安的感覺依然存在。我靜靜地爬出帳篷，想看看我們帶來的東西是否完整無缺。小心移動以免驚擾到我的同伴，心中有一股奇怪的激動。

我的身子一半爬出帳篷，四肢跪地、兩眼直視著對面的樹叢頂端。樹葉不停地顫動，以天空為背景呈現不同的奇怪形狀。我將身子往後，坐在地上，瞪大眼睛看著眼前的景象。說真的，那景象實在不可思議，但與我相對的另一端，比我坐的位置還高、柳樹叢的上方似乎有某種形狀模糊的物體，在柳樹枝隨風擺動的同時開始聚集，形成某種可怕的輪廓，在月光下快速移動。非常靠近我，大約離我只有五十英尺的距離。

第一個直覺是叫醒同伴，他也應該來看看這幅景象，但我卻猶豫了，因為我意識到自己並不想讓旁人證實我的惡夢成真。於是呆坐在那兒，驚訝地凝視前方。現在的我完全清醒了！還記得當時我告訴自己——這不是夢。

一開始出現在樹梢上的物體十分鮮明——體型巨大、呈青銅色，不停晃動著，完全脫離那搖晃不停的樹枝。後來，我鎮定下來，開始仔細查看，我清楚看見它們比人類的體型大很多，光從外表即可判斷它們不可能是人類。當然，它們也絕不會是什麼在月光下搖晃擺動的樹枝。只見它們從地面往天空不斷竄升，一觸到漆黑的夜空就突然消失了。

它們一層疊著一層，疊出了極為龐大的數量，我看見那龐大的四肢與軀幹在彼此身上溶進溶出，形成一條如長蛇般彎曲的形體，隨著被狂風吹拂的枝頭不斷搖動、扭轉、纏繞。這些赤裸、液狀的形體穿過樹叢——幾乎是從樹葉裡往上竄升，集結龐大數量直衝上天。但我看不見它們的臉孔。只見它們不斷向上攀升，以極為彎曲的弧度搖擺，肌膚呈黯淡的青銅色。

我望著它們，睜大每個視覺細胞想看清它們。有好長一段時間，我以為它們會隨時消失，隱於枝幹律動中，但證明這一切只是幻想。我四處尋找現實的證據，最後終於了解，所謂現實的標準早已改變。我盯著它們的時間越久，越能確定它們是真實、活生生的，只是與相機拍攝或者生物學家認可的標準不同。

當時的我並沒有感到恐懼，只是充滿一種從未經歷的敬畏和疑惑。統治這片神祕區域的那種力量，以某種具體的方式化為人形，顯現在我的眼前。由於我們擅自闖入，使此地的能量以行動展現。我們打擾了這片淨土。我不禁想起從古至今、發生在世界各地、被人們尊崇祭拜的各種神祇或鬼怪故事傳說。在我還未能找出任何合理的解釋時，卻出現了某樣東西，吸引我爬到沙灘站起身來。我赤著的腳可以感覺到地面的餘溫，狂風吹亂了我的頭髮，湍急的水聲在我耳邊哀鳴。我知道這些感覺都是真實的，由此證明我的感官沒有任何問題。那物體仍不斷從地面往上爬升、安靜又雄偉，以優雅而強壯的隊形前進，我被這一幕深深震懾住，一股崇敬的心理油然而生。我不由得肅然起敬，幾乎要跪下膜拜它們。

要不是突然一陣狂風襲來，將我吹向一旁幾乎摔倒的話，當時的我一定那麼做。狂風像是要將我從夢中狠狠搖醒一般，卻也給了我另一個角度觀察它們。它們仍維持同樣的姿態在漆黑的夜空中往上竄升，但我的理智終於恢復了。我試圖開始說服自己，那些東西一定是某種主觀經驗產生的現象，雖然看起來很真實，但那不過是一種主觀的體驗罷了。在月光和柳樹交互作用下，所以我才不由自主地幻想了那些影像，卻又不知怎麼地將這些主觀想像與客觀存在混為一談。對，事情一定就是這樣。我鼓起勇氣開始向前走，跨過那一片沙地。可是，天啊，這真的只是幻覺嗎？真的只是主觀想像嗎？我的理智與這已知的一切，難道真的沒有相互牴觸的地方嗎？

我只知道那群東西在黑暗中以極龐大的數量、持續了好長一段時間不斷往上移動，從人類慣用的標準來看，它們的樣子實在極為真實。然後，突然一下子全消失不見！

在它們消失之後，心中疑惑的念頭也隨之煙消雲散。但一想到這小島是如此荒寂、充滿詭誕的氣氛，我不禁連打寒顫。我驚恐萬分地環顧四周之後，試圖尋找可以逃命的方法；但我終究明白自己當前的處境有多麼無助，我找不出任何有效的方法，只好悄悄鑽回帳篷，躺回那張滿布沙土的薄墊，放下帳篷的門簾，擋住月光下搖擺的柳樹叢，然後盡可能將臉埋在毛毯下，唯恐聽見那可怕的風聲。

記得當時我輾轉難眠，花了好長的一段時間才入睡，這就足以證明剛剛不是在做夢。儘管肉體睡著了，但我的意識依然保持清醒，而且相當警覺。

但後來我卻因極度驚恐再度醒來。吵醒我的不是風、不是河水，而是某種慢慢向我靠近的東西，讓我原本沉睡的那一部分變得越來越淺、越來越淺，最後終於完全消失——我發現自己僵直地坐著，傾聽外面的動靜。

帳篷外有無數細碎的啪嗒聲，我知道它們終於來了。長久以來出現在睡夢中的它們終究讓我聽見了。我緊張不安地坐著，分外清醒，清醒到像是從沒睡著似的。我感覺呼吸困難，某種重物壓著我的身體。儘管夜裡十分燠熱，我卻只感到溼冷，忍不住發抖。我認為外面一定有什麼東西推壓著我們的帳篷，並從上方壓迫著我們。是風嗎？還是啪嗒的雨聲？抑或滴著水的柳葉？還是河上拍擊的浪花，被風吹聚成巨大的水滴？我腦中迅速翻轉數十個念頭。

突然間，我想到了答案：這島上唯一的大樹，白楊木的枝幹被風吹落了，斷枝被其他枝幹擋住，葉子正好落在帳篷頂端，沙沙作響。因此，它很有可能隨時被一陣大風給吹落，壓垮我們。我急忙掀開門簾往外衝，一邊叫喚瑞典人跟我一起逃命。

當我好不容易逃出帳篷、站定身子後，才發現帳篷安全得很，根本沒有搖搖欲墜的大樹幹，也沒有下雨或者浪花拍打，什麼都沒有。

銀白冰冷的月光照在沙地上；夜空中依然繁星點點，狂風依然呼嘯，只是營火不再散發火光。透過樹縫可看到東方的天空已微微泛紅。我想，自從看見那不斷往上竄升的

奇怪景象之後，一定又過了好幾個小時，這時關於那東西的可怕回憶一湧而上，像一場可怕的惡夢！喔！我真是受夠這吹不停的風！雖然我因失眠而感覺疲憊困頓，神經卻異常敏銳，毫無倦意，根本沒有想躺下來休息的念頭。河水漲得更高了。隆隆聲響徹雲霄，一陣浪花拍打上來，弄溼了我單薄的睡衣。

我還是沒有發現任何必須提高警覺之處，心中那股深沉而漫長的不安依然不知所為何來。

我的同伴仍然呼呼大睡，並未因我剛剛的叫喚而醒來，何況現在更沒有理由喚醒他了。我小心翼翼環視四周，留心觀察周遭的一切：翻了面的獨木舟、黃色船槳——一共兩根，我很確定；我們的糧食袋和備份燈籠依然懸掛在樹上；當然還有那簇擁在我們身邊、密密麻麻、永不停止晃動的柳樹。此時，飛來一隻晨鳥高聲吟唱早晨的樂章，一列雁鴨在晨曦中劃過天空，被吹捲起的砂礫在我腳邊飛舞著，乾燥的砂礫扎痛了我的腳底板。

我在帳篷四周走一圈，然後才往樹叢間稍微走近，這樣便能看見河對岸的一些風景，但當時，那股深刻又無法捉摸的悲傷再一次籠罩著我。我悄悄地往四處走動，心裡仍對那奇怪又連續的啪嗒聲響感到困惑不解，到底是什麼東西壓在帳篷上驚醒了我？一定是風吧，我想，一定是風吹在那鬆散、炎熱的沙灘上、捲起了乾燥的沙礫打在繃得緊緊的帆布上發出的聲音，是因為激烈的風吹著我們的帳篷屋頂所致。

儘管如此，我的緊張與不安依然不減反增。

我走到遠處的海灘，這才發現海岸線一夜之間有了重大改變，河水掏空了那麼多泥沙。我將手腳伸進冰冷的急流中，將額頭埋進水裡。此時天空灑滿初升的陽光，瀰漫著一天開始之時獨有的清新感受。我刻意在回程路上經過昨晚看見大量物體往天空竄升的那叢樹林，但就在我走到一半之時，卻結結實實嚇了一大跳！我看見一個巨大的黑影在陰影下快速竄行。有人剛剛走過我面前，我非常確定……

此時颳起一陣驚人的大風，推著我踉踉蹌蹌地往前走，當我走出樹叢，來到一片較為寬廣的空地時，那種恐懼感竟莫名消失了。一定是風在四周遊竄的結果，我記得自己當時是這麼想的；當風在樹下吹拂時，常會形成一種某個巨大物體移動似的錯覺。可是那股如此陌生、龐大的恐懼感纏繞著我，我從沒有這樣的感覺，喚起了我內心深處的敬畏和疑惑；我爬上小島的最高處，從那兒看見整條奔騰而來的河流，在晨曦中泛著紅光，這一片壯麗的美景完全征服了我，喚醒我心中一股狂野的渴望，我幾乎要大喊出來！

但是，我並沒有這麼做。因為當我遠眺整座島嶼時，猛然發現帳篷已被柳樹團團圍住，幾乎看不見了，我不由得毛骨悚然。相形之下，剛剛在樹林裡發現影子的恐懼已微不足道。

我發現眼前的景象竟不知為何產生了變化。這絕對不是觀看角度不同而造成的，而是帳篷與柳樹之間，以及柳樹與帳篷之間的關係，出現了極為明顯的改變。

我確定那些柳樹與帳篷的距離變得更近了，而且是令人壓迫的接近。它們更接近我們。

那些柳樹竟趁著黑夜以極為安靜的步伐在流動的沙灘上行走，以輕柔、緩慢的動作向我們靠近。究竟是風將它們吹得更近，還是它們真的向我們移動呢？我猛然想起那細碎的聲響、那壓迫在帳篷上還有我的胸口上的重量。我站在狂風中，被吹得搖晃不已，像一棵小樹一樣，幾乎無法站穩腳步。這是一種人為的作用、一種深思熟慮的陰謀、一種極度的憎恨，嚇得我簡直不能動彈。

但我立刻反應了過來——我竟然會有這般如此怪異荒誕的念頭。我想大笑，可是我的笑卻不及哭那般迫切，因為我終於明白自己竟然這麼容易被那危險的幻象所影響，而產生更深的恐懼，讓我感覺它們透過我們的心智，而非肉體攻擊我們，現在它們來了。

風仍不斷吹打著我，剛過四點鐘，太陽露出了地平線，顯然我已經在這個小沙堆上停留了好長的一段時間。我不敢接近那緊貼著柳樹的區域，但我還是不得不躡手躡腳地走回帳篷。首先，我仔細環視四周，然後——是的，我承認——我丈量了距離，走在溫熱的沙地上，計算著從柳樹到帳篷之間的步距，並在最短距離處特別做了記號。

我小心翼翼鑽回被窩裡，看來我的同伴仍沉睡著，還好是這樣的。剛剛那些經歷並沒有強而有力的證據證明真假，或許，我還是可以否定這一切。等天完全亮之後，我就可以說服自己這一切只是幻想，一個黑夜的夢境，一種過於激動的想像投射而成的。

在沒有任何打擾的情況下，我幾乎是立刻呼呼大睡，雖然疲憊不堪，但還是害怕聽見那些數不清的怪異啪嗒聲和壓迫著我胸口、讓我幾乎喘不過氣的感覺。

後來，同伴將我從深沉的夢裡搖醒，告訴我粥已經準備好了，該是洗澡的時間。嘶嘶作響的培根香味飄進了帳篷裡。

「河水繼續上漲。中游的幾座小島已經完全被淹沒了，我們這座島的面積也變得更小了！」

「還有木頭可撿嗎？」我睏倦地問。

「這裡的木頭還有這座島，到了明天就會通通消失在酷熱的大太陽下！不過在那之前，我們還有足夠的木柴可以用。」

我從島上跳入河中，這座島嶼的大小和形狀的確在一夕之間改變了許多，但潮水卻一下子就將我沖到對岸了。河水十分冰冷，在我眼前快速經過的堤岸就像從一列疾駛的特快車看到的風景。在這樣的環境下沐浴令人精神為之一振，昨晚那些可怕的事情就像從腦中蒸發一般，消失得無影無蹤。烈日高照、萬里無雲，但那風依然頑固地不肯減弱。

我突然意識到瑞典人剛剛說的話，他的意思是說他改變心意，不打算匆忙離開此地。「還可以撐到明天。」他竟然認為我們應該在這兒多待一晚！這太令人訝異了！前一晚明明還是相反的看法，為什麼突然有一百八十度的轉變？

早餐時，大塊的堤岸被巨浪擊碎，風颳吹了我們的煎鍋，但我那位同伴竟然還滔滔不絕說著在這樣的洪流中，維也納佩斯蒸汽船一定很難找到河道。但他的樣子卻遠比這條河的現況及蒸汽船更令我感興趣。從昨晚開始，他就有了某些改變。他的態度變得不一樣，變得有點興奮、有點害羞，他的聲音和動作也都有些微的可疑。我不知道該如何冷靜中肯的形容，但我記得我很確定一件事——他開始害怕了。

早餐他吃得非常少，還一度忘了抽正在抽的菸斗。他將地圖攤在身旁，不斷研究上頭的記號。

「我們最好一個小時內出發。」我這麼說著，我想至少要有個開始，好引出他說些什麼。但他的答案卻令我困惑不安。「當然！如果它們同意的話。」

「誰同意？這片大自然嗎？」我急切問他，口氣刻意冷漠。

「這個鬼地方的力量啊，管它是誰。」他雖然回答我，眼睛仍盯著地圖看。「如果這個世界真有神的話，現在祂們就在這裡。」

「大自然永遠是真實而不朽的。」我邊說，邊盡可能保持自然的笑容，但我知道我的表情已透露出我真正的感覺。他透過煙霧沉重地望著我說：

「如果我們能全身而退沒遇上什麼災難的話，算是萬幸。」

這就是我最害怕發生的事，但我強迫自己接受這直截了當的答案，就好像容許牙醫直接拔我的牙似的，長痛不如短痛。

「再遇上什麼災難？怎麼說，發生什麼災難嗎？」

「不幸之一：我們的舵不見了。」他平靜回答。

「舵不見了？」我重複他的話，非常訝異，那是我們的舵啊，在多瑙河裡航行沒有舵簡直就是自殺。

「而且，船的底部還有一個洞。」他接著說，聲音有些微的顫抖。

我瞪大眼睛盯著他看，一臉呆滯地重複了一遍他的話。雖然站在大太陽下、立在這片滾燙的沙灘上，我卻感覺一股冰冷的空氣降臨在我們四周。他一言不發，向我點頭示意，我起身跟在他身後由他領路，往帳篷的方向走去，來到營火堆另一邊幾碼以外的地方。獨木舟還是放在我昨天最後看見的那個地方，龍骨朝上，那些船槳或者應該說那根船槳，則放在船旁邊的沙地上。

「只剩下一根。」他彎下腰撿拾它。「這裡就是艙底的破洞。」

我正想告訴他幾個小時前我還看見兩根船槳，但話到了舌尖我又猶豫了，覺得還是再想想，最後什麼也沒說。只是走上前瞧個仔細。

船底有一道長長的、切割整齊的小洞，有一小塊木頭被劃掉了；看起來好像被某塊尖銳的石頭或樹枝劃破，經過詳細檢查後，我們發現那洞穿透了船底。要是事前沒有發覺就上船離開的話，一定慘遭滅頂。剛開始木頭遇水可能會膨脹，而封閉了這個小洞，但一旦我們到了中游，水一定會湧入，我們這艘比水面高不了兩英寸的小船一定會很快被惡水吞沒。

「看吧！它們企圖找人獻祭當犧牲品。」我聽到他在說話，但那聲音比較像是自言自語：「應該是兩個犧牲品。」他彎下腰用手指觸摸船上那道傷口時又補充說道。

我開始吹起口哨，這是每當我不知所措時，下意識做出的動作，故意不去聽他到底說些什麼。我打算把這一切當做無稽之談。

「昨天晚上還沒有。」不一會兒他又說，一邊挺起身子四處觀看除了我以外的其他地方。

「一定是我們在靠岸時刮傷的。」我說道：「那些石頭那麼尖銳……」

但我話還沒說完就閉嘴了，因為他轉過身來，嚴肅地看著我。我很清楚他知道我的解釋一點也不合理，因為，這裡根本沒有石頭。

「那麼，這又該怎麼解釋？」他將船槳遞給我，指著槳面。

我接下船槳仔細端詳，一股奇怪、前所未有的感覺讓我打從心裡發涼。槳面全是刮痕，但那刮痕十分整齊美觀，就像有人用砂紙在上面小心摩擦，刮痕精巧細緻，細小到可能一不小心就忽略了。

「我們兩個當中的一人半夜夢遊弄出來的。」我無力地回答：「或者，搞不好是被風吹起的沙礫不斷打在上面而造成的。」

「呵！」瑞典人轉過身輕輕笑了一笑，然後說：「你什麼都能解釋。」

「同樣的，也是因為風的關係，將船槳吹送到堤岸邊，一陣大浪打來將它捲進河裡，打個粉碎。」我在他身後大喊，下定決心一定要把他發現的任何怪現象都解釋清楚。

「我懂了。」他大聲回答我，說著就走進柳樹叢。

當時的我在面對這些可能是人為因素的怪異事件時，第一個念頭是：「這一定是我們其中一人幹的，但我絕對不是那個人。」的懷疑。但繼之一想，在這樣的情況下，假設我們其中有誰做出這些事根本是不可能的，況且，也不是我們做的。我這位旅伴，我們在數十次類似的冒險中共度的這位值得信賴的好友，要說他插手這件陰謀絕無可能。同樣地，假如說他那沉著、實際的個性突然變得瘋狂而充滿惡意，也是荒誕無稽。

可是讓我最為困擾、讓我即使在這烈日與美麗的大自然中恐懼不已的是：他的心態已經明顯起了變化——他變得緊張、膽怯、疑神疑鬼、他察覺了那些他沒說出口的事情、觀察著一連串的祕密、還有那不能說出的事件。簡言之，他正等待心中所預料的高潮發生，我認為，事情很快就要發生了，我很自然有了這樣的念頭，只是我不知道為什麼。

我急忙察看了帳篷還有周遭的環境，發現昨晚丈量柳樹和帳篷的距離並未改變，但現在我才注意到沙灘上出現了許多窪地，如盆口一般，深淺、形狀各異，從杯口到碗口大小都有。當然，造成這種現象的一定就是那一天到晚吹個不停的風，而且應該就是風將我們的船槳捲走、拋進河裡。

現在，只剩下船底的裂縫還找不出合理的解釋。但是我還是相信一定是我們在靠岸時被某個尖銳的物體劃破船底。當我檢查完堤岸的情況後，結果並不能證明我的推測。即便如此，我還以僅存的一點理智說服自己堅信這點，儘管這接二連三的怪事，已令我開始懷疑自己的腦袋。不論怎樣，凡事一定要有合理的解釋，就像人們對宇宙的種種解釋，不管多荒謬，總之就是一定要有個解釋——幫助他們為這個世界盡一己之責，或者勇於面對人生各種問題。這個比喻簡直就是我的情況的翻版。

我開始融化樹脂，沒多久瑞典人也加入我的工作。即使出現了全世界僅見天候條件

最好的情況，我們那艘船即便到了明天也不可能平安出航。工作的同時，我若無其事地試著將他的注意力轉移到地上那些坑洞。

「是的，我知道。這島上到處都是。不過你一定自有一套說法來解釋這種現象，毫無疑問。」

「當然了，是風嘛！」我毫不遲疑的脫口而出。「難道你沒見過街上颳起的那種小旋風，它們把什麼東西都捲進去。這些鬆軟的沙土很容易就被風捲起吹散。不過就這麼一回事。」

他什麼話也沒說，我們就這樣沉默不語、埋頭工作了一會兒，但我一直不斷暗中觀察他，感覺到他也在暗中觀察我。從他的樣子看來，他好像一直在側耳傾聽某種我聽不見的聲音，或者他希望自己聽到什麼，只見他不時轉身望著那片柳樹叢，或者抬頭望天，抑或透過樹林的縫隙窺探著那條河。他甚至會把手圈在耳朵旁，就這麼維持好幾分鐘之久。他什麼都沒對我解釋，我也什麼都沒問。

此外，他還修補了船底的破洞，其嫻熟技巧完全不輸給印地安人。我真樂於見到他如此全心投入工作，因為在我的內心深處，還是有些害怕他會突然說起那些柳樹有什麼地方不一樣。如果他真的發現了什麼，恐怕我再怎麼絞盡腦汁也找不出合理的答案。

最後，在一段漫長的靜默後，他終於開口說話。

「真奇怪。」他的口氣十分急促，像是急著將所有的事情一次交代完畢似的。「我指的是昨晚那隻海獺，實在太奇怪了。」

我還以為他會說別的，倒讓我大吃一驚，我不由得驚訝地看著他。

「這地方實在太過荒涼，可是海獺又是那麼害羞的一種動物……」

「當然，我真正要說的並不是這個。我的意思是：你真的認為那是一隻海獺嗎？」

「不然會是什麼？我的老天，不然會是什麼呢？」

「你也知道，我比你早發現那個東西，乍看之下，牠好像比一般海獺的體型大得多了。」

「那是因為你在上游看到牠，夕陽將物體放大的關係吧！」我回答。

他恍惚地看了我一會兒，好像思考著其他的事情。

「牠的眼睛是一種非常奇怪的黃色。」他又繼續自言自語。

「那也是因為太陽反射的關係。」雖然我笑著這麼說，但口氣有些不耐。「我猜你接下來會說船裡的那個傢伙是……」

但我突然決定不再說下去，因為他又出現那種側耳傾聽的動作，他轉頭望向風吹來的方向，臉上的表情讓我說不下去。話題已然中斷，只好各自回到修補船底破洞的工作上。很顯然他根本沒注意聽我剛剛說的。五分鐘後，他卻隔著獨木舟看著我，手上拿著冒著煙的樹脂，一臉嚴肅。

「我實在很懷疑你是不是真的想知道，船裡的那個東西是什麼。我記得我當時直覺認為那不是人類，那東西好像突然從水裡冒出來一樣。」

我再次大笑，但我這下真的覺得不耐煩，甚至有些生氣。

「你自己看看，這地方用不著我們疑神疑鬼、胡思亂想就已經夠奇怪了！那不過是一艘普通的小船、船上是個普通的人類，正努力的順著潮流向下游離開。海獺就是海獺，用不著像個傻瓜一樣研究半天。」

他定定地看著我，表情依然嚴肅，沒有生氣的樣子，在他的沉默中，我鼓足勇氣繼續說：

「看在老天爺的面子上，不要再擺出一副聽到什麼聲音的樣子，這樣只會讓我覺得恐慌，而且這裡除了河水還有呼嘯風聲之外，什麼聲音都沒有。」

「你這個笨蛋！你這個大笨蛋。只有不幸事件受害者才會這麼說。你知道的根本就沒有我多！」他有些嗤之以鼻、又有些無奈地說：「你現在唯一能做的就是閉嘴，鎮定下來。懦弱的自我欺騙只會讓自己在不得不面對真相時更難接受罷了。」

我無言以對，找不出任何話回應，因為我知道他說得一點也沒錯，真正的傻瓜是我，不是他。

在這次的探險中，他又超越了我，我有些惱怒，竟然就這麼被判出局，等於證明了我對超自然能量的感應力、敏感度都不及他，同時又有些氣自己竟然對發生在眼前的事情視而不見。很顯然地，他一開始就知道了。但當時的我完全忽略了他話裡所指的成為犧牲品的意思，我們注定要滿足它們的欲望了。我放下所有的假裝，但恐懼卻因此節節升高，攀向最高點。

「不過，有一件事你倒是做得很對。」在話題結束前，他又補充道：「那就是，我們最好不要談論這件事，甚至想到這件事，因為思考會透過語言表達出來，而說出來的話會應驗。」

那個下午，在等待獨木舟乾燥、變硬的同時，我們嘗試用釣魚、測試漏水的程度、收集柴火、還有看著洶湧上漲的潮流打發時間。有時候，會有一大群的漂流木推送到我們這邊的海灘，我們就用柳枝撈它們。這個島在海浪不斷沖擊下海岸逐漸被掏空，面積也越來越小。天氣依然晴朗明亮，直到下午四點，三天以來首度出現風勢稍減的跡象。雲層開始往西南方堆積，慢慢遍布整個天空。

風勢減緩，也讓人大大鬆了一口氣，因為那些因風而產生的巨響、碰撞聲、還有轟隆隆聲不斷刺激我們的神經。直到下午五點，突然之間一切都靜止了，極度安靜反而讓我們有一種壓迫感。此時，暴漲的河水開始充塞整個空間；深沉低吟的水流聲，似乎比風聲來得悅耳一些，但卻是單調無休止的樂章。風則有多種音調，有高、有低，總是會有一些具有爆發力的聲響出現，但這河水最多只有三種音調，像是單調沉悶的持續音，還帶有一種悲傷的情緒，不知怎地，這樣的音調在處於戒慎恐懼下的我聽來就像一首完美的死亡樂章。

同樣令人驚嘆的是，當明亮的陽光一消失，周圍的景致頓時也少了生氣。眼前這片景物本來就傳達出一種不祥的預兆，這樣的改變自然令人更加不舒服。我知道這黑暗的景象比以前更令人不安，也發現自己不只一次計算著太陽下山後，月亮到底還要多久才會從東方升起，而那些堆積雲是否會遮蔽她的光芒，不讓月光遍灑小島。

由於風聲突然靜止，雖然偶爾還是會有幾道強風出現，倒讓我覺得河水似乎越來越黑暗，而那群柳樹卻似乎越聚越密集。在沒有風的情況下，那些柳樹似乎自己移動，從根部往上，以一種怪異的方式搖晃著，發出沙沙聲響。

當一些常見的事物開始傳達出某種恐怖感時，所激發出來的想像通常遠甚於外表不尋常的事物；這些群聚在我們身邊的柳樹叢，對我來說就像一群出現在黑暗裡的怪異物體，是一種有某種特殊目的的生物。它們在平常的外表下，隱藏著對我們強烈憎惡與恨意，這般的超自然力量，隨著黑夜來臨逼近我們。它們的目標不但是這個小島，更是小島上的我們。因此，在我的想像中，真的有一種難以言喻的感覺，覺得這怪異的地方開始展現了它的本性。

那天下午我睡了好一會，總算稍稍舒緩了前一晚因不安穩的睡眠產生的疲倦，但這卻讓我益發感受到這地方對我們的詛咒。我以一些常見的心理學解釋、抵抗它們，笑自己竟然有這麼荒謬幼稚的感覺，但不管我多麼努力，它們對我的影響仍持續增強，我就像個誤入森林的迷途小孩，害怕黑夜的來臨。

白天我們已在獨木舟上罩了一層防水布，剩下的那根船槳也被瑞典人牢牢綁在樹下。從下午五點開始，我便讓自己忙著處理燉鍋，準備我們的晚餐，因為這次輪到我準備晚餐。晚餐的內容有馬鈴薯、洋蔥、加了一些培根油以增加香氣，還有從上一餐的鍋底挖出的剩菜，再加上一些黑麵包粒，成品應該相當不錯，之後再配上一些糖燉梅子，一壺加了乾奶的濃茶。我的身旁堆了一堆柴火，在沒有風打擾的情況下，我的工作容易多了。我的同伴坐在一旁懶洋洋看著我，全副注意力放在清理他那根菸斗，以及提供一些沒用的建議——不做事的人總是這樣。

他整個下午異常沉默，只是忙著修補船底的漏洞、加強帳篷的固定繩索、還有在我睡覺時忙著撈漂流木。我們之間誰也沒再談論那令人不快的話題，他唯一提到的只有這個島的面積逐漸縮小，他說這島比我們剛上岸時小了三分之一。

當我聽到他從岸邊叫我時，我那鍋燉菜才開始滾沸，原來他趁我不注意一個人散步到那兒。我急忙跑過去。

「你過來聽聽，看你這次怎麼解釋。」他把手隆起貼在耳朵上，就像他之前常常做的那個動作。

「現在，你聽到什麼聲音了嗎？」他好奇看著我說。

我們站在那兒，努力專心聆聽。一開始只聽到河水深處低沉的流動聲，還有河面上的嘶嘶聲。而那柳樹，竟然破天荒地安靜不動。然後，我隱約聽到一種微弱的聲響，很特別的聲響——像有一面鑼，嗡嗡從遠處傳來。那聲音像是從對面的柳樹叢和那片荒廢的沼澤區傳來的。聲音間隔十分規律，不過可以確定的是，一定不是遠方蒸汽船的鈴聲或汽笛聲。我想不出有其他類似的聲音，那就好像有一面巨大的鑼掛在遠方的天空上，有人反覆敲著它，隱約傳來一種如音樂般輕輕的金屬聲。聽著聽著，我的心跳不斷加速。

「我一整天都聽到這聲音。你下午睡覺時，這聲音響遍整個島。我循著聲音找了半天，可是距離還是太遠，沒辦法看清楚、也找不出正確位置。有時候聲音出現在天上、有時候卻從河裡傳來。甚至，我發誓其中幾次不是從外面，而是從我的體內傳出……你也知道……這是第四次元[2]的聲音會出現的途徑。」

當時的我對這聲音實在太疑惑了，並沒有注意聽他所說的話。我小心翼翼傾聽，努力想找出任何一個我想得到的、聽過的聲音可與之比擬，結果徒勞無功。聲音傳來的方向一度改變，變得越來越近，然後又突然出現在遠處。我不認為這聲音帶有不祥之兆，因為在我聽來就像是從遠方傳來的旋律罷了，不過我必須承認這旋律令我感到沮喪不

安，我寧願從來沒聽過。

「是風在吹那些沙穴造成的。」我還是決定非找個理由才行。「或者是因為暴風吹過那些樹叢的聲音。」

「那是從整片沼澤地傳來的。這聲音突然間從四面八方湧出。」他完全不理會我提出的解釋。「這些聲音不知怎地，從那些柳樹叢裡傳出來的……」

「可是風已經停了啊！」我反駁道：「柳樹根本不可能自己發出聲音，不是嗎？」

但他的回答嚇壞了我，因為那正是我一直害怕的，而且，我直覺上認為他說得沒錯。他說：

「就是因為風停了，我們才聽得到。之前一直被風聲蓋住了。我認為那是哭聲，發自……」

但此刻我卻得馬上衝回火爐那兒，因為我聽見燉鍋傳來不斷冒泡的聲音，同時我也決定逃離方才的話題。如果可能的話，我還是決定避免與他交換彼此的看法。我也害怕他又會開始講起那些神靈、那些自然力量，或是那些令人不安的東西，而我只想讓自己在接下來可能發生的事情中全身而退。在離開這個令人不安的地方之前，還必須先度過今晚，可是誰也不知道接下來會發生什麼事。

「過來幫忙切麵包，放到鍋子裡吧！」我一邊叫他過來，一邊刻意精神奕奕地攪動那一鍋什錦湯。這鍋湯居然可以讓我們兩個保持清醒，想到這兒不禁讓我笑了起來。

他慢慢走來，將糧食袋從樹上拿了下來，手伸進那不知有多深的袋裡摸索，然後將所有東西倒到腳邊的那張墊子上。

我大聲叫他：

「快點！湯滾了！」

此刻瑞典人卻突然大笑，嚇了我一跳。他的笑聲聽來很勉強，雖然不是刻意發出，卻顯得痛苦。

「裡面什麼都沒有！」他高喊。

「我是說麵包！」

「不見了，沒有麵包，被它們拿走了！」

我立刻放下長湯匙跑過去。袋子裡所有東西都攤在地毯上，就是不見我們的麵包。所有的恐懼重重壓在我身上，深深震撼了我，但後來我也大笑起來。這是我現在唯一能做的，我的笑聲立刻使我明白他為何會如此大笑。這是因為長期處於精神緊繃的狀態所造成的，才引爆了這種極不自然的笑聲；這種笑聲是我們想釋放壓力、恐懼的方法；是一種暫時性的安全機制。但突然間，我們倆的大笑同時嘎然而止。

「我真是笨得可以！」我大聲說，決定秉持一貫的做法，非得找出什麼理由解釋不可。「我們在普雷斯堡時，我完全忘了要買麵包這回事。那個喋喋不休的女人害我什麼都忘了，我一定將麵包留在櫃檯上忘了拿走……」

「還有那些燕麥，比早上少了很多。」瑞典人打斷我的話。

我生氣地想著，他幹嘛提到那個。

「這些東西還夠我們明天吃。」我邊說邊開始打起精神攪動那鍋湯。「我們可以在科莫恩或者埃斯泰爾戈姆買到更多東西。二十四小時之後我們就可以離開這兒遠遠的！」

「但願如此……上帝保佑。」他喃喃說著，將東西通通放回袋裡。「只要我們沒有先被當成獻祭的犧牲品的話。」然後傻呼呼地笑了一笑，將東西拖回我們的帳篷裡，以防萬一吧，我想。然後又聽到他好像自言自語說些什麼，只是聲音太小聽不清楚，我很自然的沒注意他到底說了什麼。

毫無疑問的，我們那餐吃得十分痛苦，兩人幾乎沒有交談，甚至避免接觸對方的眼睛，只是一直照顧那堆火。我們清洗整理，準備就寢；在睡前點起了香菸，心中已經沒有什麼工作牽掛的我們，整天下來一直累積的那種感覺頓時變得清晰敏銳。我覺得真正困擾我的並非那種恐懼，而是我根本不知道這恐懼從何而來，如果我能直截了當地看清它、面對它就好了。

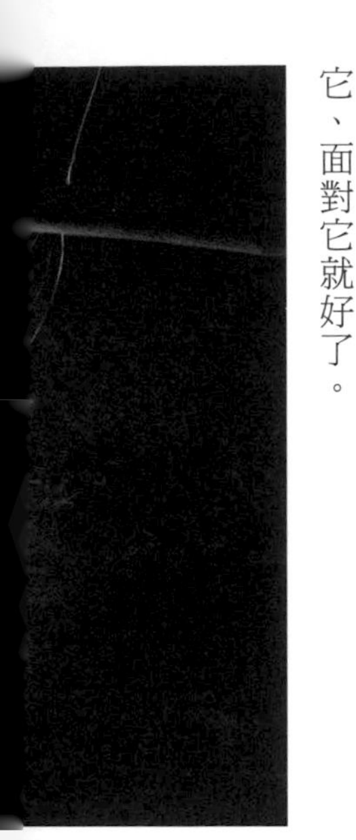

那種像敲鑼般的怪聲幾乎沒中斷過，微弱不明，卻連綿不絕，充斥在靜止的夜裡。那聲音忽前忽後，有時候我以為聲音來自我們左側的柳樹林，但一下子彷彿是從右邊傳來的。但較多時候那聲音就在我們頭上盤旋，像一堆拍動旋轉的翅膀。這怪聲無所不在，前面、後面、左右、上面，將我們團團包圍。這聲音實在難以形容，在我的認知裡，實在找不出有什麼可以比擬這些從沼澤地和柳樹叢裡傳來，連綿不絕的悶哼聲。

我們一言不發地坐著抽菸，只覺得那聲音越來越大。最糟糕的就是我們根本不知道接下來會發生什麼事，也無法準備因應。我們什麼也不知道。白天我提出的那些解釋，現在全部回過頭困擾我，讓我知道那些是多麼愚蠢、多麼沒有說服力；同時，我同伴所說過的那些話卻反而越來越有可能是無可避免的事實，不管我願不願意接受。畢竟，我們還得一起共度今晚，一起睡在帳篷裡，因此，我覺得自己不能再這樣僵持下去，得不到他的支持，我決定開誠布公地與他談談。可是，我還是一直在拖延時間，甚至還想忽略或嘲笑他時不時所說出的話語。

可是，他的話中的確有些地方令我非常不安，因為它們證實了我心裡的感覺，證實了我的疑惑。從另一個完全不同角度證實我的感覺，讓那些感覺更令人不能不信。他淨對我說著一些毫不連貫的奇怪話語，感覺上他將腦袋裡最主要的想法祕而不宣，卻將自己無法消化的那些斷簡殘篇說了出來。他將想法說出來，像是可以藉此擺脫。說話令他放鬆，就像是某種疾病一樣。

「我確定我們周圍一定有什麼東西，是要來擾亂、瓦解、毀滅我們的。」他曾這麼說，當時火光照耀著我們。「我們誤闖了某個危險之地。」

另一次，當那鑼一般的聲響一度比之前都離我們更近、更大聲，就好像直接從頭上傳來時，他又自言自語般說：

「我不覺得留聲機可以錄下這種聲音。因為這聲音並不是從我的耳朵傳進來的。這些聲音的震動是透過另一種方法傳送，似乎是發自我體內，像是來自第四次元空間的一種聲音。」

我刻意不回答他的話，卻往火堆坐近些，窺探著四周這片黑暗。天空布滿了雲朵，完全不見月光的蹤影。一切靜止不動，只有那河水和濃霧恣意猖狂。

「那個聲音，完全超脫一般世俗的經驗。是一種未知的能量。只有一個方法可以確實地描述：那不是人類的聲音；我是指那是不存在於人間的聲音。」

他將心中的想法全部一吐為快，然後安靜地躺了一會兒；其實，他也將我心中的感覺完美表達出來了，我也覺得輕鬆了些，與其讓那些危險可怕的胡思亂想在腦中亂竄，不如把它說出來。

有朝一日，我會忘了多瑙河畔這片孤寂的營地嗎？這種完全與世隔絕，身處於無人星球上的感覺！我不斷在腦海中回想著城市和有人類生活的地方，我想到了曾路過的巴伐利亞村莊，那些平凡的鄉間生活；在炎熱的陽光下，大樹下擺著幾張桌子，農夫喝著啤酒，熱情地歡迎遊客，遠處則是紅屋頂的教堂和古舊的城堡。此刻的我寧願捨棄一切，只為了換取這平靜安逸的生活。

我的感覺並不等同於那種對幽靈的恐懼。這種恐懼感更強大、更怪異，這種彷彿來自於某種古老的恐懼感，比我曾經害怕過的任何一樣東西都更深深困擾我。就像瑞典人剛剛說的，我們「誤闖了」某個危險，卻不為人知的地方或某種環境。這裡是來自外太空的人盤踞的地方，是一個偷窺孔，他們用來偷窺地球的一舉一動，但人類卻無法看見他們，分隔著兩個世界之間的某個隔屏在此地被磨損變薄了。

在這地方逗留過久的代價就是，我們將會被帶進他們的世界，剝奪我們所謂的「生命」，是指精神上，而非肉體上的生命。如此一來，真的就像瑞典人所說的，我們將成為這趟冒險的犧牲品：他們的祭品。

它們會根據每個人不同的敏感度和抵抗力，以不同的方式將我們帶入它們的世界。

我暫且將這種力量解釋成一種被強烈干擾的元素之具體化象徵，充滿了可怕又刻意邪惡的目的，對我們大膽闖入他們滋生繁衍之地感到深惡痛絕；我的同伴一開始就將之形容成我們誤闖了某些古老的神殿，某些神靈棲息的場所，某些先前祭拜者念力仍然依戀不已的地方，以致於他心中古老的那一部分產生了某種異教徒的詛咒。

不管怎麼說，這是一個完全沒被人類汙染過的地方，強勁的風勢讓此地免受粗魯的人類蹧蹋，使得這地方仍然保有充沛且活躍的自然能量。我從來沒有被這種難以形容的「人世之外」、另一種生命、另一種異於人類進化過程的力量所襲擊過。但終究我的心還是必須屈服於這令人敬畏的詛咒，最後不得不被帶入他們的世界。

這地方透過一些不起眼的瑣事證明了它的魔力，現在又利用營火周遭這一片靜默，讓我們從內心感覺到他們的存在。這裡的氣氛已然證明自己是強大的媒介，可以扭曲任何現象；在潮水中翻滾的海獺、那比著手勢，快速離開的船夫，還有那移動的柳樹，所有事物的本質都被改變，顯露出另一種面貌來，就好像它們橫跨在另一個世界的邊界上。我覺得這種改變對我而言非但極為陌生，對整個人類來說也是如此。我們接觸到的這種經驗對人類來說完全未知。這是一種全新的體驗，儼然就是「非人類」的體驗。

「他們處心積慮刻意想讓人們喪盡所有的勇氣。」瑞典人突然說，就好像他一直循著我剛剛所想的。「要不是那些船槳、獨木舟、短少的食物，一切恐怕都只是想像罷了。」

「我不是已經解釋過了嗎？」我故意打斷他的話。

「是沒錯，」他冷冷回答我說：「你是解釋過了沒錯。」

然後他又像之前對那所謂的「決心要尋求犧牲品」的論點發表了一些意見；但我現在已經整理好我的思慮，我知道這些不過是他那飽受驚嚇的靈魂對於自己最重要的一部分受到打擊所發出的吶喊，他很有可能會被帶走或者被毀滅。

現在這種情況需要有幾乎超越我們的能力範圍之外，極堅強的勇氣及極為冷靜的理智，我也從來沒有這麼清楚的意識到心中有兩個自己；一個努力想要解釋一切，另一個雖然對這一切解釋嗤之以鼻，卻恐懼得要命。

此時，在這漆黑的夜裡，我們的營火漸漸熄滅，柴火也越來越少，但我們兩人誰也沒有移動身子添加柴火，眼看黑夜逐漸籠罩著我們。離營火不過幾英寸遠的地方就已是一片漆黑。偶爾吹起一陣風，吹得柳枝亂顫，但除了那令人不舒服的聲音之外，只偶爾傳來幾聲河水流動聲，還有頭上那悶哼聲劃破這一片令人不安的寂靜。

我想，我們都有些懷念那呼呼作響的風聲。

一陣迷途輕煙開始拉長，好像又要起風了，此時的我終於到了忍耐的極限，一定要將心中的話說出來以求解脫，否則我可能會陷入歇斯底里的狀態，在我們兩人身上造成更嚴重的後果。我用腳踢了那堆殘火，然後突然轉過頭去看著我的同伴，他也正驚訝的望著我。

「我再也受不了了！我討厭這個地方、這片黑暗、這些噪音，還有那些糟糕的感覺。這裡有某種東西劇烈打擊著我。我怕得要命，這才是真相。如果別的島上情況與這裡完全不一樣的話，我發誓我一定會拚命游過去。」

瑞典人被風吹日曬曬黑的臉色變得十分蒼白。他雙眼直視著我，平靜地回答我，可是他的聲音卻充滿了不自然的冷靜，顯露他內心強烈的激動。此時的他怎麼說都是我們兩個中較堅強的一個。他是冷靜的那個。

「這種情況不是你離開這裡就可以擺脫的。」他回答的口氣像是一個診斷出某種重病的醫生似的。「我們必須提高警覺坐在這兒等待。現在這裡充滿一種可以輕易殺光一群大象的力量，就像你我可以輕易捏死一隻蒼蠅一樣。我們唯一的機會就是保持絕對的冷靜。或許因為我們不是什麼重要人物，反而可以因此得救。」

我的臉上充滿了無數個問號，可是找不出話語表達。就好像清楚聽見醫生對於一個症狀令人困惑的病症所做的解釋。

「我的意思是說，到目前為止雖然它們發現我們闖入，可是還沒找到我們——還沒『定出』我們的位置，這是美國人的說法。現在它們正四處亂找、到處碰運氣，像人們在找瓦斯哪裡漏氣一樣。那根不見的船槳、獨木舟還有糧食正可說明一切。我覺得他們應該感覺得到我們，但無法真的看見我們。我們一定要讓心完全靜下來——他們可以感覺得到我們的心。我們一定要控制自己的思考，否則一切都完了。」

「你是說，死嗎？」我結結巴巴地問他，被他的話中之意嚇得全身冰冷。

「比死更糟，顯然如此。根據人類的信仰，死亡表示人類感官限制的消滅或釋放，但靈魂本質並沒有改變。你的靈魂不會因肉體的銷毀就突然改變。但我所說的卻是一種劇烈的改變，徹底的變化，失去自我被其他東西取代——比死還慘，甚至還死不了。我們碰巧在他們與人類世界接觸的領域紮營，而隔絕兩個世界的那層隔屏卻因毀損而變薄了。」太可怕了！他所說的每字每句正是我心想的。「以至於讓他們感覺到我們就在附近。」

「但是誰發現了我們？」我問。

當時的我早已忘了那無風吹拂仍搖晃不已的柳樹、頭上那嗡嗡的聲響、忘了一切的一切，只專心等待一個答案，一個超乎我所能形容、深深恐懼著的答案。

他的聲音壓低了，往營火又靠得近了一些，他臉上那種難解的改變讓我刻意迴避他的眼睛，低頭望著地上。

「我這一生中，一直都對另一個領域有種怪異的、鮮明的感應——在距離上並不遠，卻是一個截然不同的世界。那裡有許多巨大而可怕的生靈，一刻不停地進行著更為廣大的目標，不是國家的興亡與衰敗、無關帝國的命運、軍隊與軍人的下場，相較之下這些都不過渺如塵土；而是與靈魂直接相關，以靈魂直接表達……」

「我想就到此為止吧……」我嘗試說些什麼來打斷他，因為我覺得自己好像正與一個瘋子面對面一樣。但他的聲音馬上壓過我，因為他心中有話非說不可。

「你認為，那是些自然元素的靈魂，而我曾以為它們是古老的神靈。但現在我告訴你──它們什麼都不是。我們原本以為的神怪都是可理解的實體，因為它們與人類之間培養出某種關係，它們仰賴人類的祭祀或奉獻，但現在出現在我們身邊的這些東西與人類一點關係也沒有，只是剛好它們的空間與我們的空間交錯在一起罷了。」

他所提出的這個想法聽來非常具有說服力，在這一片漆黑的寂寞小島上聽著這些話，竟讓我全身發起抖來，我克制不了自己。

「那麼你有什麼打算？」我問。

「只要有一個祭品、一個犧牲者，應該就可以轉移他們的注意力，讓我們離開此地。道理就好像是狼群停止獵食雪橇犬，讓雪橇得以再次出發。只是現在我找不出其他犧牲品出現的機會。」

我眼神空洞地望著他，他的目光令我害怕。但隔沒多久他又繼續說。

「當然，就是這些柳樹。那些柳樹掩護了那些東西，而那些東西正四處的感覺我們的存在。如果我們透露出內心的恐懼，那我們就完了，徹底完了。」他看著我的表情如此平靜、如此堅決、如此真誠，我終於不再懷疑他是不是瘋了。他與所有的正常人一樣。「如果我們能撐得過今晚，天一亮我們就可以離開，不被它們注意或發現。」

「可是，你真的認為找一個犧牲品就可以……」

當我說話的當兒那鑼一般的嗡嗡聲離我們非常近，不過真正讓我住嘴的是我朋友那張驚恐的臉。

「噓！」他舉起手小聲說。

「不要太常提到它們。不要提到它們的名字，名字就是一種線索，一種無法逃避的線索，我們唯一的希望就是不要提起它們，這樣才可能讓它們忽略我們的存在。」

「想也不行？」

他反常地惱怒起來。

「尤其是用想的。我們的思考會在它們的世界產生巨大的效應，不論如何，我們一定要盡可能將它們逐出腦海。」

我耙著那堆火，不想讓黑夜吞沒一切。在這個糟糕透頂、漆黑的夏夜裡，我從來沒有像現在這樣強烈渴望太陽。

「昨晚你一直沒睡嗎？」他突然這麼一問。

「天亮後我睡了一些，可是睡得並不安穩。」我像逃避責任般這麼回答，我想遵守他的指示，因為我直覺認為他所言甚對。

「可是那風聲，當然……」

「我知道。不過那些聲音並不是風造成的。」

「你也聽到了？」

「我聽到了那些不斷增加、排山倒海的細碎腳步聲。」他說，遲疑了一會兒後，他又說：「還有另一種聲音……」

「你是指出現在帳篷上面、往下壓著我們的某個龐大的東西所發出的聲音嗎？」

他意味深長地點了點頭。

「就好像我從身體裡開始窒息，喘不過氣來。」我說。

「你說對了一半。我覺得是空氣的重量改變了，變得非常非常重，我們很可能被壓碎。」

「那個東西，」我繼續說，決定一吐為快，指著上面不斷傳來彷彿銅鑼般嗡嗡作響、上上下下如風般不斷變換方位的聲音，問他：「你有什麼解釋？」

「那是它們的聲音。」他嚴肅地低聲說道。

「那是從它們的世界傳來的聲音，它們那個領域的嗡嗡聲。這個地方的屏障太薄了，所以偶爾會透出來。不過，如果你仔細聽，就會發現那不是從上面傳來的，是從柳樹傳來的。嗡嗡響的是那些柳樹，因為這個地方的柳樹已經成為對抗我們那股力量的象徵。」

我不是很了解他這段話是什麼意思，不過毫無疑問地，我腦袋裡的想法與他完全一樣。他知道的我都知道，只是我的分析能力不及他。我終於決定要將那些已到嘴邊的話告訴他，告訴他那些上升的物體和移動的樹叢的幻覺，但此時他突然穿過火光，再度將臉湊近我，開始對我熱切低聲說話。我對他的鎮定和勇氣，以及控制局勢的能力深感佩服。這幾年我竟然一直當他是個沒有想像力、感覺麻木的男人。

「現在你聽好，我們現在唯一能做的就是繼續這麼下去，當作什麼都沒發生過，回到正常的生活，上床睡覺之類的。假裝我們什麼都沒感覺、什麼都沒注意到。現在完全就是心智的問題。我們越不去想，逃生的機會就越大。最重要的是，千萬不要去想你認為可能會發生什麼事。」

「好吧！」我好不容易勉強回答，因他怪異的話語而無法喘息。「好吧！我試看看，不過請你先告訴我一件事，你覺得地上那些小洞、那些沙穴是怎麼來的？」

「不！」他大叫，因激動而忘了應該小聲說話才對。「我才不敢，我根本不敢將那種想法說出來。如果你還沒開始猜的話我很高興。別試！它們也有將這樣的念頭放到我的腦海裡；你要儘量不讓它們對你這麼做。」

話還沒說完，他已經又將聲音壓低成喃喃細語，於是我沒有再要求他解釋什麼。我的恐懼早已到達能承受的極限了。對話結束，我們各自忙著抽自己的菸，一言不發。

然後，發生了一件事，一件無足輕重的小事，當神經處於極度緊繃的狀況下時，這件小事反而讓我有了短暫的空間，想到完全不同的事情。因為我剛好往下看見了自己的鞋子，這是我們在駕駛獨木舟時常會穿的那種，腳趾上的小洞突然讓我想起了我在倫敦買鞋的那家店，我還記得那個店員為了要找鞋讓我試穿時費了好大一番功夫，還有一些並不有趣，卻非常生活化的動作。

突然之間，彷彿列車疾駛般，一下子湧出一幅幅再熟悉不過的現實世界的景象。我想到了烤牛肉、麥酒、汽車、警察、管樂隊，還有好多好多普通又常見的東西，在我心中產生了讓我也感到訝異的衝擊。我想，從心理學上的觀點來看，這種突然而劇烈的反應是因為人類處於正常認知裡難以想像的環境下所產生的。不論原因究竟為何，我的心情的確暫時脫離那可怕的詛咒，讓我感到片刻的輕鬆、沒有恐懼。我抬頭看著坐在我對面的朋友。

「你這個該死的異教徒！」我對著他的臉大笑、大喊：「你這想像力豐富的白癡！你這個迷信的愚夫！你……」

但我話還沒說完，卻又感受到先前的那股恐懼而不敢再說下去。我想掩飾自己的聲音，彷彿我的聲音褻瀆了神明。當然瑞典人也聽到黑夜中從頭上傳來的哭喊聲，因為某種東西接近而突然中斷。

他被太陽曬黑的臉唰地一下子變得慘白，他筆直站起身來，站在火堆旁，如大石般一動也不動，直直盯著我。

「現在，」他的聲音憤怒卻充滿無望說著：「我們必須馬上離開！不能再待下來了；我們一定要立刻拆掉帳篷離開——順著這條河。」

他說話的樣子十分激動，話中充滿難堪的恐懼——一種抗拒已久的恐懼，最後終於征服了他。

「要在晚上離開？」我大聲問他，身體還因為剛剛歇斯底里的爆發而顫抖著，不過我還是比他更了解我們當下的處境。「你瘋了！河水暴漲成那樣，而我們只有一根船槳。這樣下去我們只是更深入它們的世界！前方五十英里內什麼都沒有，只有柳樹，除了柳樹還是柳樹！」

他頹然坐下，像是崩潰一般。我們之間就像變換無常的大自然一般突然改變了，主控權儼然轉移到我的手上。他的心防終於到了極限，開始動搖、衰頹了。

「你到底怎麼搞的，為什麼要那麼做？」他低聲說出的話語和他的臉，充分表露一股恐懼和敬畏。

我繞過營火走到他的身邊，緊握他的雙手，屈膝跪在他的身邊雙眼直視他驚懼的眼睛。

「我們再添一次火。然後進帳篷裡休息。等天一亮我們全速離開航向科莫恩。現在，振作一點，記住你告訴我的：不要想到自己有多害怕。」

他沒再說什麼，但我看得出他同意我的說法，遵照我的建議。從某方面來看，在黑暗中撿拾柴火或許對我們來說反而可以放鬆，我們兩人緊緊走在一起，幾乎都要碰到對方，沿著堤岸在樹叢間摸索前進。頭上嗡嗡聲未曾停歇，我覺得好像隨著我們離開營火越遠而變得越大聲。那聲音真令人膽寒。

我們摸索著進入柳樹叢中間，這裡有許多上次大潮時帶進來的漂流木，高高地堆在樹叢上，突然間我的身體被猛力一拉幾乎要摔倒在地。拉我的是瑞典人。他跌靠在我身上，緊抓著我以求支撐。我聽得到他劇烈的喘息。

「你看，我的天啊！」他手指著約莫五十英尺外的營火，顫抖地說。眼神流露出極度的恐懼。我順著他手指的方向望去，天啊，我發誓我的心跳頓時停頓了一下。

在那微弱的營火前，有東西在動。

我的眼前隔著一個懸掛的帷幕，那帷幕就好像電影院後方常掛的那種可垂降的簾幕，只是比較模糊罷了。那東西的形狀既不像人也不像動物，我覺得那奇怪的東西像是有好幾個動物聚集在一起所形成的，好像有兩、三匹馬一起慢慢移動。瑞典人也看到類似的景象，只是他描述的方式與我不太一樣，他覺得那東西的大小還有形狀像是一群柳樹，頂端圓滑，滾動著自己身體的表面緩慢移動「好像蜷曲身體的蛇」他這麼形容。

「我看到它往下走進樹叢裡了。」他在我耳邊啜泣道：「你看，天啊！它往這裡來了！喔！喔！喔⋯⋯」他尖聲哭著說：「它們找到我們了！」

我驚恐地瞥了一眼，只見那黑影穿過樹叢，向我們搖搖晃晃前進，我身子一軟跌進樹叢裡。當然，纖弱的柳樹枝並不足以承受我的重量，加上瑞典人又躺在我身上，我們兩人就這麼跌跌撞撞地重重摔倒在沙地上。我真的不知道到底發生了什麼事。只覺得有一種冰冷的恐懼感穿過肉體，直接挑起我所有的神經，扭曲它們，取而代之的是不由自主地顫抖。我的雙眼緊閉，喉嚨裡有什麼東西讓我窒息；我感覺自己的意識正在擴散、進入空中，但很快又產生另一種感覺，讓我完全忘了先前的感覺，我覺得自己快死了。

那是一陣幾乎使我痙攣的痛楚穿透了我，我感覺到瑞典人死命抓住我，讓我痛個半死。這是他在我意識逐漸模糊時喚醒我的方法。

他事後宣稱就是這種痛感救了我：因為痛，讓我在就要被它們發現的時候想到別的東西而忘了它們。讓我在即將被它們發現的時候掩蔽了自己的心智，剛好來得及逃出它們可怕的魔掌。至於他自己，他說因為當時他昏倒了，所以因此得救。

我只知道那天稍晚，但我不知道到底過了多久，我掙扎著想爬出樹叢，剛好看見我的同伴就站在前面，伸出手來拉我一把。我迷迷糊糊看著他，揉著被他扭傷的手臂。我不知道該說些什麼才好。

「我昏倒了一陣子。這就是我得救的原因，因為昏倒所以停止想到它們。」

「你差點將我的手扭成兩段！」這是我當時唯一能連貫起來的話。我全身麻木。

「就是這樣才救了你！我們兩人已經成功地誤導它們，將它們誘到別的地方。嗡嗡聲已經停止了。它們終於走了，至少現在看來如此。」

我又開始歇斯底里地狂笑，這一次，連我的朋友也被傳染了——療效驚人的狂笑帶給我們無比放鬆的感覺。我們起身走回火堆旁，添上柴火，火焰又開始狂燒。然後我們才看見帳篷已經整個倒塌，糾成一團堆在地上。

我們重新搭建帳篷，搭建過程中跌倒了不只一次，腳整個陷在沙裡。

好不容易我們搭好了帳篷，熊熊燃燒的營火照亮了周遭數碼的空地，瑞典人突然驚呼：

「又是那些沙穴。你看看它們竟然這麼大一個。」

在帳篷還有營火周遭，也就是我們剛剛看見那黑影移動的地方，到處都是狀如漏斗、十分深的凹洞，與我們在島上其他地方發現的凹洞一模一樣，只是更大更深、形狀完美，某些洞寬大得幾乎可以容得下我整條腿。

我們兩個誰也沒說話。我們都知道睡覺是現在所能做的、最安全的一件事，所以二話不說馬上上床。上床前我們先用沙蓋住餘火，然後將糧食袋和船槳拖進帳篷裡，放在身邊；另外還將獨木舟架在腳邊，讓我們的腳可以碰觸著它，一有什麼風吹草動立刻就可驚醒。

同時，為了以防萬一，我們兩個都合衣入睡，以便隨時離開。

原本我打定主意一整個晚上都要保持清醒，持續守夜，但終究抵不過精神和身體的勞累，躺在被窩裡沒多久就沉沉入睡，再加上我的同伴也睡著了，更增強我的睡意。一開始他還十分不安穩，時常坐起身來問我，有沒有「聽見這個、聽見那個」的。他躺在軟木墊上輾轉反側還說什麼帳篷在動、河水漫過島的中心了，但經過我一次次出去查看後回來告訴他一切都平安無事後，他才變得比較平靜，不再輾轉反側。終於他的呼吸變得規律，我還聽見那絕對不會錯的鼾聲——我生命第一次也是唯一一次覺得鼾聲具有撫慰人心的力量。

這就是我在睡著前記得的最後一件事。

我因為呼吸困難而醒來，發現臉上被毛毯蓋住。但除了毛毯之外，還有別的東西壓迫著我。一開始我以為我的同伴睡著時翻身將他的墊子壓在我的身上，所以我一邊叫著他的名字，一邊坐起身來，才赫然發現這個帳篷已經被包圍了。那些不絕於耳的拍擊聲又出現了，讓這個夜晚充滿恐怖的氣氛。

我再次叫喚他的名字，比上一次更大聲。他沒有回答，我開始想念他的鼾聲，卻也發現帳篷的門簾被放下來了。這實在是不能原諒的過失。我爬出帳篷外，將門簾抓回固定好，這才了解瑞典人不在帳篷裡。他不見了！

我瘋狂地衝到外面，憤怒不已；但當我一跑到外頭，感覺自己彷彿掉入了某種嗡嗡作響的洪流裡，那聲音從四面八方每個角落傳來，立刻將我團團包圍。那是與先前一樣的嗡嗡聲——只是更加激烈。我想一定有一大群看不見的蜜蜂正群聚在我頭上飛舞。這聲音使得空氣更為凝滯，我快不能呼吸了。

可是我的朋友命在旦夕，我不能稍有遲疑。

天就快亮了，微弱的白色光芒從地平線上一抹薄薄的雲層透出。依然無風。光線只能讓我分辨出樹叢、河流還有那稀薄的草地。我在島上激動地來回奔跑，不停叫著他的名字，用盡全力高喊所有出現在腦中的第一個字。可是柳樹吞沒了我的聲音、嗡嗡聲蓋住了它，我的聲音最多只能傳到幾英尺遠的地方。我一頭衝進樹叢裡，跌跌撞撞地跨過盤結的樹根，我的臉在我撥開那阻擋去路的樹枝時劃傷了。

然後，無意間我來到了這個島的中心點，看到天空和河水中間有個黑色的人影。

是瑞典人。而且他已經將一隻腳伸入河水裡了！只要再晚一步他就會跳進河裡。

我往前撲向他，雙手環抱他的腰際使盡全力將他拖回岸上。想當然，他一定會努力掙扎，不斷發出類似嗡嗡作響的聲音，憤怒地以最怪異的語言說著：「進去找它們」，以及「藉由河水或風」，還有一些天知道他到底在說些什麼的話，我事後怎麼也回想不起來，不過當時的我聽了卻深感恐懼和驚訝。最後，我終於還是設法將他帶回比較起來算是安全的帳篷內，氣喘吁吁地將他丟到床墊上，緊抱著他，一邊不斷咒罵著，直到他終於平靜下來。

突然，一切都平靜下來，他也不再激動，而且十分湊巧的是外頭那些嗡嗡聲和啪嗒聲也同時消失。我覺得，這才是整起意外最詭異的一部分。他突然睜開眼睛，轉過那張疲憊不堪的臉看著我，從門口透進來的微弱光線剛好照在他臉上，像飽受驚嚇的孩童說著：

「我的命，老兄，我欠你一條命。不過，現在一切都結束了。它們已經找到我們的替代品了。」

然後我眼看著他再度躺下，拉起毯子睡著了。他真的是累壞了，開始打起呼來，正常得像是什麼事情都沒發生過一樣，他也從來沒想過溺死自己，讓自己成為祭品。三小時後，刺眼的陽光照醒了他，而這段期間我卻是不眠不休地看守他，我很肯定他完全不記得剛才他打算做些什麼蠢事，所以我決定保持沉默，不問那些危險的問題。

如我方才所言，他很自然而輕鬆地醒了過來，太陽已經高高掛在炎熱無風的天空，他立刻起床開始生火準備早餐。我緊張地在他洗澡時也跟著他，不過他並沒有想跳河的舉動，只是將頭伸入水裡說了些水冷得要命的話。

「水終於退了。真令人高興。」

「那個嗡嗡聲也停了。」我說。

他安靜地抬頭看著我，表情沒有任何異樣。顯然除了他企圖自殺的那件事之外，其他的他都還記得。

「一切都停止了，那是因為……」

他遲疑了。不過我還記得昨晚他昏倒前說的那些話，所以我決定非要弄清楚不可。

「因為它們已經找到犧牲品了？」我說，勉強擠出一絲微笑。

「沒錯。沒錯，我能這麼肯定是因為，是因為我又覺得自己安全了。」

然後他開始好奇地環視四周，陽光照在沙灘上溫熱稀疏的草皮。還是沒有風，柳樹叢也靜止不動。他慢慢站起身來。

「來吧！我想如果找找看的話，應該可以找到。」說罷他開始跑了起來，我也跟在他身後。他沿著海灘尋找，拿著一根木棍在海灣裡、洞穴中，還有水灘間撥弄著，我則是緊跟著他。

「啊！」沒多久後他大叫：「啊！」

他的聲音不知怎地喚回了我前二十四個小時中所感受到的那種恐懼，我快步跑向他。他用棍子指著一個一半沒入水中、一半埋進沙裡的大型黑色物體。那個物體被柳樹根纏住因此沒讓河水捲走。幾個小時前此地一定還淹沒在水面下。

「你瞧，」他平靜地說：「這個人的犧牲讓我們得以逃生。」

我越過他的肩膀探看，看見他的棍子就放在那個男人的屍體上。他將屍體翻過身來，那是一個農夫，他的臉還埋在沙裡。顯然的，這個男人是幾小時前淹死的，他的屍體應該是在黎明左右被河水沖到小島上——正好就是瑞典人停止騷動的時刻。

「我們一定要為他舉行一個隆重的喪禮。」

「我想也是。」我忍不住微微顫抖。那可憐的溺水男子外觀上有某些什麼讓我感到全身冰冷。

瑞典人突然看了我一眼，臉上有一種難以理解的表情，然後開始手腳並用爬下堤岸。我跟在他的身後，現在心情總算是輕鬆許多了。我發現那人被潮水沖走了大半的衣服，所以他的頸部和部分胸膛都暴露在外。

爬到一半的時候，瑞典人突然停了下來，還比出警告手勢；可是不知是我的腳滑了一下還是往下爬的衝力太大一下子無法剎住腳，我撞上他，害得他不由得往前跳落以保護自己，我們兩人翻滾成一團掉落在堅硬的沙地上，雙腳踩進了浪花裡。然後，在我們還沒來得及反應之前，就這麼撞在屍體上。

瑞典人發出一聲淒慘的尖叫，我嚇得往後跳彷彿中彈一樣。

當我們一碰到屍體時，頓時從他的身上傳來了由無數個嗡嗡聲組合而成的巨大聲響，隨著一大群長有翅膀的生物吵吵鬧鬧地從我們身旁飛上天空消失不見，聲音越來越小，終於在遠處消失無蹤。那種情形就像是我們打擾到了某個正在用餐的看不見的生物。

我的同伴緊緊抓住我，我想我也緊緊抓著他，但在我們兩人有時間從驚嚇中回神過來前，我們看見潮浪將屍體捲起，讓屍體脫離了柳樹根。沒多久，屍體就完全被翻轉過來，死者的臉朝上對著天空，漂浮在河面上，隨時會被沖走。

瑞典人正要搶救那個屍體，大聲叫著一些我聽得不太清楚，像是什麼「隆重的喪禮」之類的話，可是突然間他跌跪在沙灘上，雙手摀住眼睛。我立刻趕到他的身邊。

我知道他看見什麼了。

當屍體被潮流捲進去時，他的臉和暴露在外的胸口剛好正對著我們，我們清清楚楚地看見他的皮膚和肌肉上那些精心挖出來的小洞，形狀完美，跟我們之前看到，遍布整座島的沙穴一模一樣。

「它們的記號！」我聽見同伴低聲說著：「可怕的記號。」

當我再度將目光從他的身上移開，望著那條河流，河水已經完成了它的使命，屍體已被捲入中游處，搆不著也幾乎看不見，遠遠的只見它在波浪中不停地翻轉，像隻海獺一樣。

1 Inn，因河，發源於瑞士，長三百二十里，流經奧地利與巴伐利亞，匯入多瑙河。

2 亦即四維空間。在物理學和數學中，可將 n 個數的序列理解為一個 n 維空間中的位置。當 n=4 時，所有這樣的位置的集合就叫做四維空間。

國家圖書館出版品預行編目資料

綠茶 : 英美短篇小說精選 2 / 約瑟夫 ・ 雪利登 ・ 拉芬努等著 ; 王若英譯 . -- 初版 . -- 臺北市 : 八方出版 , 2017.10

面 ; 公分

譯自 : Green tea

ISBN 978-986-381-170-1(平裝)

874.57 106017565

綠茶：英美短篇小說精選 2

作者 / 約瑟夫 ・ 雪利登 ・ 拉芬努 等
譯者 / 王若英

發行人 / 林建仲
副總編輯 / 王雅卿
執行編輯 / 陶樂思、黃凱琪、駱潔
美術編輯 / 蕭彥伶
封面設計 / 李涵硯
版型設計 / 李涵硯

出版發行 / 八方出版股份有限公司
地址 / 臺灣臺北市中正區 10076 重慶南路三段 1 號 3 樓 -1
電話 / (02)2358-3891 傳真 / (02)2358-3901
E-mail / bafun.books@msa.hinet.net
Facebook / https://www.facebook.com/Bafun.Doing
郵政劃撥 / 19809050 戶名 / 八方出版股份有限公司

總經銷 / 聯合發行股份有限公司
地址 / 臺灣新北市 231 新店區寶橋路 235 巷 6 弄 6 號 2 樓
電話 / (02)2917-8022 傳真 / (02)2915-6275

定 價 / 新台幣 320 元
I S B N / 978-986-381-170-1
初版一刷 2017 年 10 月
